# 여행자의 편지

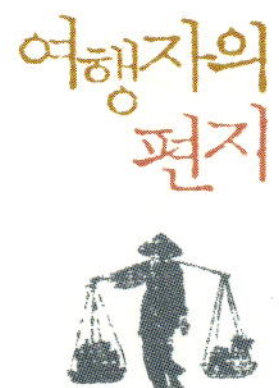

# 여행자의 편지

북하우스

많은 비가 왔던 계절이었다. 밤새 지붕을 두드리던 빗소리. 사람들은 아침이 되어서야 높은 둑에 모여 앉아 위험수위를 넘긴 강물을 초조한 눈빛으로 바라보았다. 이튿날, 마을은 완전히 고립되었고 도시로 나가는 길은 솟대들의 도열처럼 전봇대만 솟은 채 사라져버렸다. 모든 것이 바다 같았다.

그날 물에 잠긴 길을 걷는 사내가 있었다. 그는 허리까지 차는 물길을 겁도 없이 걸어가고 있었다. 다행히 수면은 고요했고 전봇대가 길 안내는 하겠지만 여전히 확신할 수 없는 길이 아니던가. 도시로 나가는 길에 불과했던 길이 그날만큼은 마치 아득한 수평선을 향하고 있는 것처럼 보였고 그의 모습은 미지의 세계로 떠나는 탐험가 같았다. 그래서 그의 뒷모습은 다시는 돌아오지 못할 길을 가는 사람처럼 애틋하기까지 했다.

어느덧 배낭을 메고 길을 나선 지 15년이다. 나는 가끔 길에서 그 사내를 생각했다. 주저되는 물길을 걸으며 점처럼 작아지던 사내. 그리고 나는 여행이란 그런 것이라고 생각했다. 조금은 위태로운 길을 가는 것.

삶은 일회성이다. 우리 모두의 길은 각기 다른 길이다. 갔던 길을 되돌아와 새로운 길을 간다고 해도 그 길이 어제의 길은 아니다. 때문에 남과 내가 비교될 수 없으며 나 자신도 동시에 두 개의 길을 갈 수 없으니 그 어떤 삶도 저울질될 수 없는 것이다. 그럼에도 우리는 너무 사소한 것까지 비교되며 살았다. 이제 스스로의 길을 가야 할 때다.

여행은 사막에 내리는 이슬처럼 축복 같은 것이지만 제 스스로 멀어지는 바람처럼 가벼운 것이기도 하다. 당신이 여행을 꿈꾼다면 이제 떠나라. 망설임은 그만하면 충분하다. 그러나 내가 당신의 여행을 부추겼든 그렇지 않았든, 나는 길을 떠나는 당신을 바라보기만 할 것이다. 그리고 그대가 지친 몸으로 돌아오는 날, 낡아버린 그대의 신발을 내려다보며 그제야 어깨를 묻고 다독다독 등을 두드리게 될지도 모른다. 우리에게 그런 날이 오게 된다면, 그날 우리는 여행이 아니라 삶을 이야기하게 되었으면 좋겠다.

그런 날이 오기를 기다리며

날마다 새로운 달이 뜨는 동네 신월동에서

박동식

차례

FROM : Đỗ Xuân THỌ
Số 8 đường 2/4 P. Vĩnh Hải
Nha trang - Khánh Hòa
Việt Nam
Việt Nam
MAY BAY
PAR AVION
Dong Sik Pa
TO : [Monthly Maga
101-1 SamSun
Kang Nam - Gu
Korea
VIA AIR MAIL

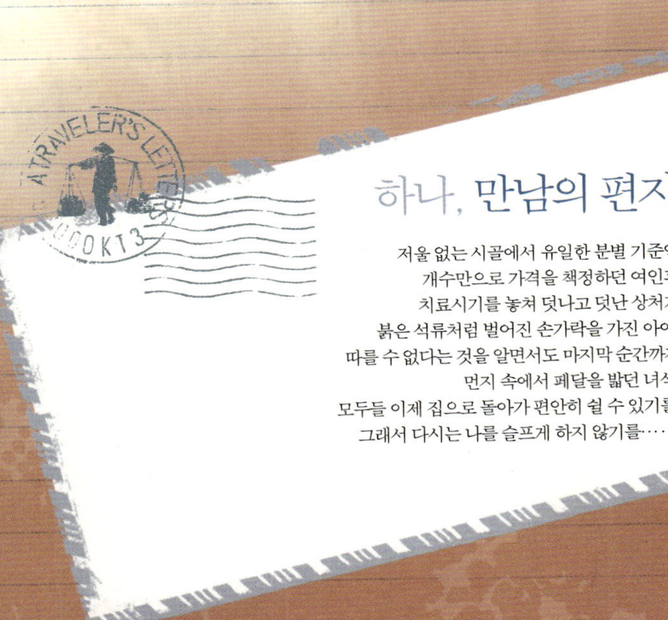


# 하나, 만남의 편지

저울 없는 시골에서 유일한 분별 기준인
개수만으로 가격을 책정하던 여인과
치료시기를 놓쳐 덧나고 덧난 상처가
붉은 석류처럼 벌어진 손가락을 가진 아이.
따를 수 없다는 것을 알면서도 마지막 순간까지
먼지 속에서 페달을 밟던 녀석.
모두들 이제 집으로 돌아가 편안히 쉴 수 있기를,
그래서 다시는 나를 슬프게 하지 않기를……

열여덟에 결혼해서 서른이 되어버린 삼로<sub>자전거를</sub>
개조한 일종의 택시 기사. 우리는 나지막한 담 위에 턱을 고
이고 초등학교 운동장을 바라보며 늘어진 한낮을 보냈다.
그의 점심이었던 원숭이바나나를 염치없이 나누어먹었다.

듬성듬성 푸르게 깔린 잔디 위에서 공을 차는 아이들. 그 속에는
그의 아이도 있다고 했다. 건강하게 자란 아이가 공을 차고 있다는 것
만으로도 자랑스러운 젊은 아비.

시간마저도 더디 흐르는 무료한 한낮, 학교에 간 아이들은 체육 시
간에 공을 차고, 손님도 없는 시골 마을의 삼로 기사는 그늘진 학교 담
너머로 아이들을 바라보고. 그렇게 오후마저 보내고는 결국은 빈 삼
로에 아이들을 태우고 집으로 돌아가는 것은 아닐까. 한적한 이 시골
마을에서 삼로를 운전하며 넉넉한 돈을 번다는 것이 쉬운 일은 아닐
것이다. 강에서 불어오는 바람은 우리의 등을 가볍게 스치고 학교 운
동장으로 날아갔다.

숙소로 돌아오는 길, 마주 오던 키 낮은 트럭이 경적을 울렸다. 운
전석에는 숙소 주인 부부가, 짐칸에는 일본인 친구 다카와 미국인 부

부가 타고 있었다. 그들은 오전부터 나를 찾다가 포기하고 가까운 폭포로 놀러 가기 위해 이제 막 출발하는 참이었다. 다카가 내민 손을 잡고 트럭에 올랐다. 우리 일행 네 명이 투숙객의 전부였다.

묵고 있는 숙소를 찾게 된 것은 행운이었다. 나는 날이 완전히 어두워진 후 치앙콩에 도착하는 바람에 적당한 숙소를 찾는 데 애를 먹고 있었다. 강이 보인다는 이유로 시설에 비해 턱없이 비싼 요금을 요구하거나 조금 싸다 싶으면 시설이 너무 열악했다. 날이 저물었으니 일단 하룻밤 잠자리만 해결하자는 생각으로 한 번 더 들러본 곳이 지금 묵고 있는 숙소였다.

그곳은 숙박업을 위해 만든 건물이 아니었다. 자신들이 살고 있는 세 칸짜리 허름한 목조 건물을 깨끗하게 손질해서 손님을 맞고 있었다. 구석구석 안주인의 깔끔한 손길이 닿아 있었다. 창가의 앉은뱅이 테이블은 천으로 덮고 그 위에 꽃을 꽂은 작은 꽃병을 올려두었다. 침대 없이 나무 바닥에 깔아놓은 매트리스와 베개의 엷은 체크무늬 커버도 소박하면서도 세련된 안주인의 안목을 보여주었다. 영어 한마디 못 하는 남편은 아주 기초적인 영어회화책을 들고 다니며 늘 웃기만 했고 안주인의 얼굴에는 행복과 신선한 활기가 배어 있었다.


붉은 흙먼지가 꼬리를 무는 시골길을 30분쯤 달린 다음 조금 더 걸어서야 작은 폭포를 찾을 수 있었다. 정글로 우거진 계곡은 시원했다. 미국인 아저씨는 신문이나 책을 읽을 때 사용하던 것으로 보이는 돋보기를 꺼내더니 작은 바위들을 들추어 찾아낸 유충들을 살펴보며 신기해했고, 우리는 아직 무엇이 될지 모르는 유충들을 보며 어쩌면 에일

리언이 될지도 모른다는 농담을 하기도 했다.

그리고 반으로 쪼개면 개구리알 같은 과육이 담겨 있던 새콤한 과일. 숙소 주인이 준비해온 과일마저도 곧 변이를 일으켜 이상한 종으로 변할 것 같았지만 우리는 그 요상하게 생긴 과일을 숟가락으로 파먹었다. 조금 더 들어가면 더 큰 폭포가 있다고 했으나 계곡이 험해서 포기했다. 솔직히 말하자면 정체불명의 유충들을 너무 열심히 살펴본 덕분에 좀더 깊은 계곡으로 들어가면 무언가 기괴한 괴물이나 동물이 튀어나올 것만 같았다.

숙소로 돌아온 후, 해질 무렵 다카와 메콩강으로 나갔다. 나는 내일 저 강을 건너 라오스로 갈 것이다.

그림자 길게 늘어지고, 가도 가도 다다를 수 없을 것 같은 서산머리에 걸리는 해를 등지고 다카는 기타를 치며 노래를 불렀다. 그의 노래가 바람처럼 흔들렸다. 악보도 없이 부르는 노래의 멜로디들이 아름다웠다. 배낭의 무게를 줄이기 위해 타월도 반으로 잘라 가지고 다니는 나에게 기타를 메고 여행한다는 것은 상상도 할 수 없는 일이지만 메콩강이 붉게 변하는 이런 자리를 위해서라면 무거운 짐도 때로 달콤할 것 같았다.

정갈한 옷차림에 밀짚모자를 눌러쓴 아저씨는 오늘도 변함없이 강가에 나왔다. 늘 같은 시간 강으로 나오는 아저씨는 우리를 보고는 어제처럼 고개를 숙였다. 그의 대바구니 안에는 하얀 쌀밥이 들어 있었고 아저씨는 그 쌀밥에 메콩강물을 적셔 주먹밥을 만든 후 강에 던졌다. 매일같이 물고기에게 쌀밥을 공양하는 아저씨. 곱게 물든 그의 푸른 옷이 더욱 밝게 빛났다.

20
21

　"내가 치앙콩에 처음 왔을 때부터 보았어. 아주 오래전부터 하루도 빠짐없이 저 일을 해왔을 거야."

　치앙콩에 오래 머물렀던 다카가 그렇게 말했다. 모든 밥을 강에 던진 아저씨는 돌아가는 길에 우리에게 다가왔다. 내가 한국인이라고 소개하자 부친에 대해 이야기했다. 자신의 아버지가 한국전에 6개월간 참전했다고 했다. 많은 태국인 전우가 전사했으나 자신의 아버지는 무사했다는 이야기. 그런 그의 아버지가 얼마 전 세상을 떠났다고 했다. 나는 침묵했다. 그는 내일도 강에 나와 물고기에게 하얀 쌀밥을 공양하겠지. 착한 사람.

　해는 저물어 먼 산을 누렇게 물들이고 낮부터 떠 있던 하얀 반달이 서서히 빛을 발하는데 메콩강은 멈추지를 않는다. 다카의 기타 소리와 함께 유유히 흐르는 저 강물처럼 아저씨의 공양도 멈추지 않을 것이다.

　해가 진 후, 다카와 구멍가게에 앉아 메콩강에서 잡아 요리한 생선구이를 안주 삼아 맥주를 마셨다.

　"다카, 나는 별을 보면 아름답다는 생각보다 슬프다는 생각이 들어."

　그는 말없이 젓가락으로 생선을 뒤적거렸다. 생선을 좋아한다는 다카가 가시를 발라내는 솜씨는 매우 능숙했다. 나도 젓가락을 들었다. 그리고 그가 발라놓은 생선살을 집었다. 어쩌면 이 생선은 매일 오후 강에 나오는 아저씨가 공양한 하얀 쌀밥을 먹고 자란 물고기일지도 모른다. 도대체 세상은 왜 이런 거지? 입에 넣은 생선살을 씹으며 다시 말했다.

　"수만 광년 떨어진 별이 내게로 오기 위해 그 만큼의 시간이 필요하다는 사실이 나를 초라하게 해. 내가 너무 작아 보여. 하지만 그런 느낌이 난 좋아. 어차피 인생은 초라하니까."

"몇 해 전 라다크에서 별을 보며 눈물을 흘린 적이 있어."

그렇게 말한 다카는 맥주를 한 모금 마신 후 떨어뜨린 고개를 들지 않았다. 나는 그가 말하는 라다크에 가보지 않았다. 그러나 별이 너무 아름다워 눈물을 흘렸다는 그의 말을 조금은 이해할 수 있었다. 그날 치앙콩의 밤하늘도 그랬으니까. 국경을 넘기 위한 여행자들만이 찾아오는 치앙콩은 너무도 조용했다.

나는 서울을 떠난 지 한 달 반, 그는 일본을 떠난 지 석 달. 별을 이야기하던 우리는 바닥에 굴러다니는 맥주병처럼 취했다. 그래봐야 맥주 네 병. 여행 중에 약해진 주량을 탓하며 비처럼 쏟아질 것 같은 별들을 머리에 이고 숙소로 돌아왔다.

별을 보며 눈물을 흘릴 줄 아는 다카는 다음날 아침 배낭을 짊어진 나에게 또다시 노래를 불러주었다.

"네 노래는 별보다도 슬퍼."

다카는 메모지를 찢어 약도와 함께 방콕의 어느 숙소 이름을 적어주었고 나 역시 방콕으로 돌아가면 묵을 숙소 이름을 적어 그에게 주었다. 우리는 두 달 후 방콕에서 만나자고 했다. 따라나서려는 다카를 말리고 주인 아저씨의 미니트럭을 얻어타고 선착장으로 갔다. 그리고 비좁은 배를 타고 국경을 건넜다.

두 달 후 방콕에 도착했을 때 내가 묵을 숙소에 찾아가 메모판부터 살펴보았다. 그러나 다카의 메모는 없었다. 방콕에서 보름을 머무는 동안, 방콕에 오면 그가 늘 묵는다던 숙소에도 그는 끝내 나타나지 않았다. 숙소 여주인은 그의 이름을 기억하지는 못했지만 기타를 치는 일본인에 대해서는 잘 알고 있었다. 그는 매일 수로水路가 보이는 발코니에 앉아 기타를 쳤다고 했다.

나는 방콕에서 다카를 기다리기 위해 애써 오래 머물지는 않았다. 우리에게 허용된 인연만 기대하기로 했다. 거품 낀 맥주를 마시며 다시 별을 이야기하고 싶었다는 메모를 남기고 서울로 돌아왔다. 그리고 얼마 후 그에게서 사진 한 장과 함께 짧은 편지가 날아왔다.


나는 아직도 여행 중이야.


사진은 치앙콩을 떠나는 날 아침 나를 위해 노래를 불러준 후 함께 찍은 기념사진이었다. 우리는 아침 햇살에 눈을 찡그린 채 웃고 있었다. 언제쯤 멈출지 모르는 우리의 여행은 그렇게 계속되고 있는 모양이다. 오늘도 다카는 강이 보이는 어느 숙소에 앉아서 기타를 치며 노래를 부르고 있겠지. 그 도시가 어디일지 알 수 없으나 우리가 함께 별을 이야기했던 치앙콩의 하늘처럼, 아니면 다카가 눈물을 흘렸던 라다크의 하늘처럼 별이 아름다운 도시였으면 좋겠다. 그리고 멈추지 않는 우리의 여행 속에서 다시 만나게 된다면 그곳 또한 별이 찬란한 도시였으면 좋겠다.

내일 우리는 어느 낯선 땅에서 별을 보게 될까.


태국 치앙콩에서

# 차라리
# 나를
# 잊어!

　사실 사모시르섬으로 오게 된 것은 갑작스런 결정이었다. 하긴, 그 이전 인도네시아로 온 것부터가 그랬다. 말레이시아 페낭에서 인도네시아 수마트라로 떠나는 오전 10시발 배를 타기 위해 예약도 없이 숙소를 출발한 시간은 9시였다. 배를 타게 될 것이란 확신도, 꼭 타야겠다는 의지도 없었다. 오늘은 페낭을 떠나야겠다는 생각만 있을 뿐, 다음 목적지는 중요하지 않았다. 따라서 인도네시아로 갈 수 없다면 말레이시아의 다른 도시 어디로든 떠날 생각이었다.

　배는 만석이었다. 하지만 막상 갈 수 없다는 것을 확인하는 순간에는 어디로 가야할지 조금 막막해졌다. 이미 인도네시아를 포기해야 될 시간이었지만 혹시나 싶은 마음으로 다른 페리회사 사무실을 찾아갔고 나는 문을 열자마자 이렇게 말했다.

　"오늘 인도네시아로 가고 싶은데요."

　"오늘요?"

　직원은 어이없다는 표정이었지만 나는 인도네시아로 갈 운명인 모양이었다. 그들은 갑자기 분주하게 움직이기 시작했다. 그 순간부터 배에 승선할 때까지의 일은 번갯불에 콩 구워먹는다는 말이 실감날 정도였다. 사무실 직원끼리 뭐라 얘기를 주고받더니 여직원이 급하게 어디론가 전화를 걸었고 나에게는 서둘러 여권을 달라고 했다. 여권으로 신원을 파악하고 승선 티켓을 끊은 후, 사무실 직원은 나의 티켓을 들고 어디론가 급하게 달려갔고 그 사이 여직원은 친절하면서도 빠른 목소리로 몇 가지 주의사항을 설명해주었다. 말레이시아로 돌아올 때는 메단 사무실에서 이틀 전에 예약을 해야 하며, 배가 인도네시아에 도착하면 그 어떤 호객꾼도 따라가지 말고 메단까지는 자신들의 선박회사에서 운영하는 버스를 탑승하라고 했다. 그리고 그 버스는 무료이기 때문에 더 이상의 요금은 필요 없다는 말도 덧붙였다. 그의 말이 끝나기가 무섭게 나의 티켓을 들고 어디론가 달려갔던 직원이 돌아왔고 그는 나를 잡아끌다시피 이끌고 출국심사장으로 달려갔다. 출국심사와 세관을 그냥 지나치다시피 통과하자 넓은 선착장 끝에 대형 선박이 대기하고 있었다.

"저 배 보이시죠? 달려가서 타세요. 빨리요!"

나를 안내한 직원이 그렇게 말하지 않았어도 나는 서두를 수밖에 없었을 것이다. 그 커다란 여객선이 오로지 나 하나만을 위해 대기하고 있는 것 같은 형국이었고 실제로 그 배는 사무실의 무전 연락을 받고 나를 기다리는 중이었다. 배를 타기 위해 아무도 없는 선착장을 달려가는 동안 이미 승선을 마친 승객들 모두 나만을 내려다보고 있는 것처럼 느껴졌고 허겁지겁 승선을 하자마자 기다렸다는 듯 배가 움직이기 시작했다. 정신을 가다듬고 티켓을 확인해보니 출발시간이 8시 30분으로 찍혀 있었다. 현재 시간은 10시 30분. 배는 8시 30분에 이미 출발했어야 했던 선박이었으나 알 수 없는 문제로 출발이 지연되었던 것이고 나는 운 좋게도 그 배를 탄 것이다.

이런 급작스런 여정은 사모시르섬으로 가는 날도 마찬가지였다. 메단에서 다음 행선지로 부라스타기와 사모시르섬을 저울질하던 나는 다음날 아침 버스 출발 직전에서야 사모시르섬을 선택했다. 버스는 몇몇 숙소를 돌아서 대략 열 명 정도의 여행자를 태우고 사모시르섬으로 향했다. 같은 숙소에 묵었던 아일랜드 할아버지는 버스 안에서 어린아이처럼 천진한 모습을 보였다. 쉴 새 없이 두리번거리며 새로운 풍경이 펼쳐질 때마다 이쪽 창가와 저쪽 창가를 오가며 좋아서 어쩔 줄 몰라 했다. '저기 좀 봐요, 저기도 좀 보고. 와, 멋지네!' 이런 식이었다. 할아버지의 감탄은 영락없이 부모의 손을 잡고 집을 나선 어린아이의 모습이었고 나는 그의 손을 잡고 길을 떠난 부모라도 되는 것처럼 흐뭇한 미소를 지어가며 '정말 멋지네요. 저기도 좀 보세요. 저기도 멋지죠?' 이런 식으로 맞장구를 쳐주었다.

그렇게 도착한 토바 호수는 나를 실망시키지 않았다. 토바 호수에 다가갈수록 차창 밖으로 펼쳐지는 풍경이 점점 아름다워지더니 급기야 높은 언덕에서 버스가 모퉁이를 돌자마자 나타난 토바 호수는 광활한 바다처럼 시야를 가득 메웠다.

사모시르섬은 거대한 토바 호수 안에 떠 있는 또다른 섬이다. 이를테면 섬 안의 섬인 것이다. 사모시르섬으로 들어가는 배는 오후 6시에 있었다. 파장 중인 근처 장터에서 시간을 보내다가 배에 올랐다. 배에는 많은 현지인 청년들이 승선해 있었다. 그들 모두 조금씩 술에 취해 있었고 히피 같은 몰골을 하고 있었다. 필터 없는 담배를 마지막 순간까지 빨아대는 모습은 조금 궁상맞기도 했고 손가락마저 타들어갈 것처럼 불안하기도 했다. 그들을 보면서 나는 장터에서 부지런히 짐을 나르던 청년들을 떠올렸다. 선입견 혹은 편견일지는 모르겠으나 장터에서 보았던 청년들과는 다르게 이들 모두는 정신적으로 병들어가고 있다는 느낌을 지울 수가 없었다.

청년들은 여행자들에게 연신 다가가 숙소를 소개하고 있었다. 하지만 숙소의 직원은 아닌 듯싶었다. 그도 그럴 것이 여행자의 반응이 신통치 않으면 다른 숙소의 이름을 들먹였고 그 역시 반응이 없으면 또 다른 숙소의 이름을 들먹였다. 특별한 직업도 없이 숙소에서 주는 콩고물을 기대하며 생활하는 젊은이들이 틀림없었다. 그들은 나에게도 호객을 했다. 맑은 정신이 아닌 그들을 상대한다는 것 자체가 짜증스런 일이었지만 한 명이 지나가면 다음 사람이 오고, 그가 가고 나면 또다른 청년이 달라붙다보니 나중에는 진절머리가 날 정도였다.

그 와중에도 나는 숙소를 선택했다. 유일하게 맑은 정신을 갖고 있는 반듯한 청년이었다. 그리고 그가 그 숙소의 직원이라고 믿었던 이유는 다른 청년들과는 다르게 숙소의 사진들을 보여주었던 것은 물론이고 다른 숙소는 언급하지도 않아서였다. 무엇보다 나의 마음을 끌었던 것은 숙소 이름 레이크존Lake Zone. 그러나 숙소에 도착해보니 숙소 이름은 레이크존이 아니라 주인의 이름을 딴 레크존Lekjon이었다. 그래도 숙소는 마음에 들었다. 오래 머물러도 부담 없을 정도로 저렴했고 방문을 열면 잔디밭이고 그 잔디밭 끝이 바로 호수였다. 방이 좀 어두웠지만 침대에 누워서 잔디밭과 호수를 감상할 수 있다는 것 때문에 망설임 없이 체크인을 했다.

무엇에 홀리기라도 한 듯 말레이시아에서 이곳까지 순식간에 달려

온 느낌이었다. 더욱이 이곳까지 오는 과정 모두가 잘 계획된 일정과는 무관한 것이었다. 운명 같은 우연이겠거니 싶었다. 다음날 아침, 한 꼬마와의 조우 역시도 그런 운명 같은 우연이었을까. 어쩌면 그것은 이유 있는 우연이었는지도 모를 일이다. 하나의 가르침을 주기 위해 여행이란 이름의 스승은 나를 이렇게 먼 곳까지 이끌었던 것은 아닐까.

내가 잠에서 깬 것은 아이 때문이었다. 커튼 너머의 빛이 아직 푸르다고 느껴지는 시간, 창문 밖에서 인기척이 들려왔다. 나는 밀려오는 잠을 이기지 못하고 이불을 뒤집어쓴 채 얼굴을 침대 속에 파묻었다. 그러나 시간이 지나도 소리는 멈추지 않았다. 나는 자리에서 일어나 창문의 커튼을 살짝 젖혀보았고 밖에서는 아이 하나가 내 방 앞 잔디 위의 나뭇잎을 쓸고 있었다. 후에 안 일이지만 아이는 이곳에서 숙식을 제공하고 학교를 보내주는 대신 숙소의 잡다한 일을 하는 아이였다. 게으른 여행자는 늦잠을 자고 아이는 학교에 가기 전에도 할 일이 있었던 것이다. 아이는 나와 눈이 마주치자 인도 소년처럼 커다란 눈망울로 미소를 지었다. 이후에도 아이를 볼 때마다 아이는 항상 일을 하고 있었다. 맥주 박스를 나르거나 식당 바닥을 쓸고 있기도 했고 주방에서 잡일을 하기도 했다.

그날도 아이는 학교에서 돌아와 호숫가에 번식한 수초를 걷어내고 있었다. 외바퀴 수레에 수초를 가득 싣고 한 층 높이의 가파른 언덕 위로 나르고 있었던 것이다. 사실 그 언덕은 빈 수레를 올리기에도 버거운 경사였다. 그리고 오늘은 비까지 오지 않는가. 아이는 수레를 올리기 위해 비탈에 들어서기 전 힘껏 밀어보았지만 번번이 중간에서 위태롭게 서고 말았다. 낑낑거리며 나머지 반을 밀어올리는 아이를 숙소 식당에 앉아서 바라보고 있자니 마음이 편치 못했다. 더욱이 아이의 몸집에 비해 수레가 너무 컸기 때문에 수레의 손잡이를 잡은 아이의 마른 어깨가 기형처럼 툭 불거지기까지 했다. 그렇게 반복하기를 몇 번. 이미 언덕 위 텃밭 구석에 쌓인 수초 더미가 1톤 트럭 분량은 되어 보였다.

열두 살 밝은 아이는 나와 눈이 마주치자 전처럼 하얗게 웃어주었다. 나는 밖으로 나갔다. 언덕 중간에서 기다리다 아이의 수레가 멈추면 함께 밀어주었다. 내리는 비를 피하고 싶지는 않았다. 웃옷을 벗어 던진 아이의 등 뒤로 떨어지는 빗물이 나의 마음을 아프게 했기 때문이다. 수초를 비우고 빈 수레로 돌아갈 때는 지름길로 간다며 계단을 퉁퉁거리며 내려갔다.

일이 끝나갈 무렵 가파른 비탈에서 빗물에 미끄러웠던 아이의 한쪽 슬리퍼가 찢어져 벗겨지고 말았다. 아이는 불편한 듯 한쪽마저 벗어던졌지만 그 짧은 순간 나는 아이 앞에서 눈물을 흘릴 뻔했다. 아이의 슬리퍼가 짝이 맞지 않는 짝짝이였기 때문이다. 변변한 신발 하나 없이 짝짝이 슬리퍼로 살아가야 하고, 학교를 간다는 것도 노동의 대가일 수밖에 없는 아이. 세상은 다양하며 그 깊이를 생각하면 가슴이 시리다. 나는 멀쩡한 운동화를 두고도 여행을 핑계로 새로운 신발을 사 신고 떠나지 않았던가. 첫날은 나를 게으른 여행자로 만들더니 이제는 빗속의 초라한 인간으로 만들고 있었다. 그래, 그랬다. 짝짝이 슬리퍼에서 내가 느낀 것은 나의 초라함이었다. 내가 지금 아이를 위해서 할 수 있는 일이라고는 기껏 함께 비를 맞아주는 것뿐이었다. 지금으로서는 그것이 최선이라고 생각했다. 나는 어차피 떠날 사람이니까.

울컥 치밀었던 눈물을 잘 삼켰는지, 아니면 못나게도 한 줄기 눈물을 흘렸는지는 기억나지 않는다. 바닥을 두드리는 빗방울 소리가 유난히 크게 들렸을 뿐이다. 아무튼 우리는 빗물을 쫄딱 맞으며 일을 마쳤고 아이는 마지막 수레를 비우고 내 앞으로 와서는 이렇게 말했다.

"Finish, thank you."

변함없는 그 하얀 미소 사이로 머릿결을 적신 빗물이 흘러내리고 있었다. 그 일을 계기로 아이와는 친해져 가끔 아이를 안아주기도 했고 오토바이를 몰고 나갔다가 하교 시간에 만나서 아이를 태우고 돌아오기도 했다. 그러나 그곳에 머무는 동안 끝내 아이의 이름을 묻지 않았다. 행여 나와의 헤어짐이 아이에게 아픔이 되지 않을까 하는 두려움, 그 두려움 때문에 기껏 냉정하게 보이려고 일주일 동안 이름을 묻지 않은 것이다.

의도적인 것은 아니었지만 마지막 그곳을 떠나는 날 아이를 보지 못했다. 섬을 떠나는 배에서, 마지막 수레를 비우고 젖은 머릿결로 내 앞에 섰던 아이를 생각했다. 동그란 눈망울로 나를 올려다보며 고맙다고 했던 말. 광활한 호수 한쪽 끝에서 소나기 기둥이 다가오고 있었고 나는 멀어지는 아이를 향해 소리쳤다.

월세방에서 살아가는 서울의 가난뱅이를 혹시나 풍요로운 여행자로 기억한다면, 그래서 그것이 너의 삶을 조금이라도 힘겹게 만든다면 나를 용서해줘. 그리고 차라리 나를 잊어! 나는 너의 등 뒤로 흐르던 슬픈 빗물과 짝이 맞지 않았던 슬리퍼를 내 인생의 채찍으로 삼을게.

미안해……

인도네시아 사모시르섬에서

들꽃처럼

나는 전날 숙소가 있는 툭툭 마을을 걸어서 산책했다. 마을 사람들은 어른 아이 할 것 없이 눈만 마주쳐도 인사를 건네올 정도로 낙천적이고 사교적이었다. 동네의 구멍가게에서는 어김없이 노인들이 모여 '루도' 라는 놀이를 즐기고 있었다. 윷 대신 주사위를 사용한다는 것이 다르기는 했지만 루도는 윷놀이와 매우 흡사한 놀이였다. 주사위의 눈에서 6이 나오면 한 번 더 던질 수 있었으며 상대의 말을 잡을 수는 있었지만 윷놀이처럼 지름길이나 다른 말을 등에 업는 것은 불가능했다. 편을 가르지 않고 각자 독립적으로 참여하는 것도 윷놀이와는 조금 다른 모습이었다. 노인들은 판 위에 돈을 걸고 게임을 즐기고 있었다. 그러나 게임이 끝나자마자 진 노인들은 재빠른 동작으로 자신의 돈을 챙겨갔고 1등한 노인은 알아들을 수 없는 말로 투덜대기는 했지만 이내 포기한 듯 웃고 말았다.

작은 술집을 오픈하기 위해 넓적하게 자른 통나무에 '마르코폴로' 라는 가게 이름을 새기던 남자, 집 앞 흙길 모퉁이에 장미 묘목을 심던 젊은이, 문이 잠긴 교회 마당에서 삼삼오오 무리 지어 놀던 아이들. 이렇게 그들의 자잘한 일상을 엿볼 수 있었던 여유로운 산책은 무척이나 즐거운 일이었다.

오늘은 이 섬의 좀더 먼 곳을 둘러보기 위해 오토바이를 빌렸다. 나는 섬이 생긴 십만 년 전의 바람을 가슴 깊이 들이마시며 오토바이 액

셀러레이터에 힘을 주었다. 들과 논에서 물소들이 듬성듬성 풀을 뜯는 시골길을 달리는 사이, 끝없이 이어진 호숫가에는 낚시를 즐기는 사내아이들과 그물을 드리우는 남자들, 빨랫감을 아름으로 들고 온 여인들의 모습이 자주 보였다.

사실 여인들이 빨래하는 모습은 새벽에 더 자주 목격되었다. 뽀얀 안개가 가득한 새벽녘에 빨랫감을 들고 호수로 오는 여인들은 아름다움을 넘어 신비스럽기까지 했다. 몇 명씩 무리 지은 여인들 곁에는 늘 아이들이 따라붙었고 여인들이 호숫가에서 빨래를 하는 사이 아이들은 옷을 벗어던지고 호수로 뛰어들었다. 변성기를 지나지 않은 아이들의 한 옥타브 높은 웃음은 경쾌했고 여인들이 빨래하는 소리는 나지막하고 차분했다. 빨래가 끝난 후에는 여인들도 물에 잠기듯 조용히 몸을

씻었다. 젖은 머리 위에 빨랫바구니를 이고 호숫가의 좁은 길을 따라 집으로 돌아가는 모습은 새벽 사모시르섬의 크나큰 아름다움이었다.

아이들을 만난 것은 숙소를 떠나 한 시간 정도 달렸을 때였다. 몇 십 채의 집들이 산 밑에 납작납작 엎드려 있는 작은 마을. 두 명의 직원만이 콘크리트 데스크 너머에 앉아 있는 우체국에서 세 통의 엽서를 부치고 네 장의 우표를 샀다. 엽서가 서울까지 잘 도착할 수 있을지를 의심하며 밖으로 나올 때 담장도 없는 학교에서 제법 많은 아이들이 이제 막 쏟아져나오고 있었다. 여름교복이 반바지라면 시원해서 좋겠다던 DJ DOC의 노래처럼 아이들의 교복은 붉은색 반바지였다.

한적한 시골도로로 나온 아이들의 일부는 지나는 미니승합차의 지붕 위에 올라타고 떠났고 또다른 무리는 미니승합차와는 반대 방향의 아스팔트길을 걸었다. 그리고 또 몇은 푸른 들풀이 무성하게 우거진 꾸부렁 들길로 들어섰다. 나는 그 아이들의 뒤를 따랐다. 아이들은 카메라 렌즈를 좋아했다. 렌즈 안에 무엇이 들어 있는지 궁금해했고 찰칵 소리를 내며 셔터막이 오를 때마다 웃어대던 모습은 그날의 하늘보다 푸르렀다.

아이 하나가 불쑥 손을 내밀었다. 하얀 소금가루가 뿌려진 듯한 들꽃 한 줄기. 아이의 미소만큼이나 밝고 소박한 들꽃이었다. 내가 그것을 받아들자 아이들은 또다시 까르르 웃어댔다.

"집이 어디야?"

"……"

아이들은 자기들끼리 마주보며 대답 없이 다시 웃었다.

기차놀이라도 하듯 두 팔을 올려가며 줄지어 걷던 아이들. 그들은 산을 향해 걸었다. 나지막한 잡목들이 우거져 있을 뿐이지만 화산 폭발로 생성된 섬이기에 산의 지형은 상당히 가팔랐다.

아이들은 잠시 내 주변을 맴도는가 싶더니 제 길을 가기 시작했다. 눈인사로 아이들과 헤어지고 오토바이가 세워진 아스팔트로 되돌아왔다. 시동을 걸고 기어 페달을 밟기 전 고개를 돌려보았다. 아직도 아이들은 산 밑에 다다르지 못했고 시야에 들어오는 산기슭 어디에도 집들은 보이지 않았다. 그것은 두 가지 의미로 해석될 수 있었다. 아래에서 확인할 수 없는 정상 어딘가에 몇 채의 집들이 웅크리고 있거나, 그것이 아니라면 아이들은 저 산을 넘으려는지도 모르는 일이다. 산을 넘어 집으로 가야 하는 아이들.

점점 멀어지는 아이들에게서 시선을 거두고 손에 들려 있는 소금가루 들꽃을 바라보았다. 잡초에 가까운 들꽃이었지만 수백 미터 깊이의 토바 호수보다 깊은 향기가 느껴졌다. 난 잠시 망설이다 배낭 속에 그 꽃을 집어넣었다. 나는 자리를 떠났고 내가 그곳에서 멀어지는 사이 아이들은 자신들의 집에 좀더 가까워졌을 것이다. 산을 넘어 집에 가는 것조차도 즐거운 아이들.

안녕, 언제까지나 들꽃처럼 건강하길.

고마워.


인도네시아 사모시르섬에서

천 일간의 세계일주

어쩌면 그에게 여행에 대해서 묻는 것은 의미 없는 일일지도 모른다. 이제 떠난다는 것이 그에게는 일상이 되어버렸기 때문이다. 그의 나이 서른셋이 되던 해, 그는 첫 직장이었던 항공회사의 엔지니어 자리를 미련 없이 툴툴 털어버리고 남미로 떠났다. 그렇게 떠난 남미에서 그는 1년을 보내고 서울로 돌아왔다.

"1년을 그렇게 다니면 지치지 않으세요?"

"왜 안 지쳐요. 하지만 나중에는 그것이 일이 되더라고요. 아침에 일어나서 세수하고 옷을 입는 것처럼 그렇게 떠나는 거죠."

그의 찻잔 위에 내려앉은 정오의 가을 햇살은 노랗게 물든 은행잎의 빛깔을 닮아 있었다. 그가 인도식 밀크티 '차이'를 마시기 위해 찻잔을 들었다 내려놓을 때마다 그 빛들이 살짝 흩어졌다 다시 모여들었다.

따뜻한 차이를 한 모금 마신 그는 콜롬비아의 밤 버스에서 만난 한 아이를 회상했다. 너무나 성능이 좋았던 에어컨 때문에 콜롬비아의 밤 버스는 모포를 덮지 않고는 편안히 잠들 수 없을 정도로 추웠다고 했다. 결국 배낭 속의 모포를 꺼내어 덮고 한참을 자다가 깨어보니 중간에 버스를 탄 한 여자아이가 반소매와 반바지 차림으로 그의 옆자리에서 잠들어 있었다. 그는 자신의 모포를 넓게 펼쳐 몸을 움츠린 아이에게 덮어주었고 피곤에 지친 아이는 그의 팔에 기대어 잠이 들었다. 그러나 아이가 깰까봐 팔도 움직이지 않고 버티던 어느 순간 그도 함께 잠이 들었고 그가 잠에서 깨어났을 때 그의 옆자리에는 빈 모포만이 있었다. 남미를 여행하는 내내 가끔씩 그 아이가 생각났지만 지금은 그것이 실제로 있었던 현실인지 아니면 꿈속에서 경험했던 일인지 확신이 서지 않는다고 했다.

나는 그의 이야기를 들으며 어차피 우리 모두는 꿈을 꾸고 있을지도 모른다는 생각이 들었다. 무엇에 미친 듯 치열하게 살고도 결국 어느 순간에는 허망하게 그 꿈에서 깨어나 '아, 모두 꿈이었구나!' 그렇게 말하면서 다른 세상의 아침을 맞이하게 될지도 모른다는 생각.

"여행하면서 얻은 것은요?"

"1년 동안 여행하면서, 어쩌면 내가 여행을 좋아하지 않을지도 모른다는 생각이 들었어요."

서른셋의 나이에 안정적인 직장까지 내던지고 떠났던 여행에서 결국 자신이 여행을 좋아하지 않을지도 모른다는 생각을 하게 되었다는 것은 조금 의외의 대답이었다. 그러나 그것이 깨달음이거나 뉘우침 혹은 후회 그 어느 것일지는 모르겠으나 더 이상 깊은 질문은 하지 않기로 했다. 그 묘한 대답에 대해서 나 혼자만의 의미를 부여하고 싶었기 때문이다.

우리는 자리를 옮겨 맥주를 한잔 마시며 서울의 밤을 맞이했다. 우리는 곧 이 도시를 떠날 것이다. 그는 또다른 1년의 여행을 위해 아프리카

대륙의 케이프타운을 향해 떠날 것이고 나는 티베트로 떠날 것이다. 나는 몇 개월 후 서울로 돌아오겠지만 그는 또 한 살을 더해 서른다섯이 되어서야 서울로 돌아올 것이다. 그리고 아주 잠시 이 도시에 머물고는 마지막 1년의 여행을 위해 또다시 아시아의 어느 도시로 떠나겠지. 그렇게 그가 천 일간의 여행을 마치고 이 도시로 돌아오는 날, 그때 우리의 술자리는 맥주보다는 소주가 어울릴 것이다. 그곳이 피맛골의 혼잡스러운 어느 민속주점이 될지, 백열등 불빛 아래 불안한 간이테이블의 포장마차가 될지는 모르지만 잔을 높이 부딪치며 한 번쯤은 호기롭게 건배를 외쳤으면 좋겠다.

우리는 어두워진 인사동을 천천히 걸어나왔다. 어깨를 움츠려야 하는 추위. 겨울이 다가오고 있었다. 삼나무를 닮은 키 큰 가로수 앞에 도착했을 때 그가 건너야 하는 횡단보도의 신호가 파란색으로 바뀌었다. 우리는 손을 내밀어 서로의 여행에 행운을 기원해주었다. 인파에 묻혀 횡단보도를 건너는 그를 보고 돌아섰다. 그리고 몇 발자국을 걷다가 걸음을 멈추고 뒤를 돌아보았다. 하지만 아직 횡단보도를 다 건너지 않은 어둠 속의 인파에서 그를 찾을 수는 없었다. 바지 주머니에 양손을 찔러넣은 누군가의 뒷모습이 그일지도 모른다는 생각을 하며, 잘 다녀오라고, 1년 후 건강하게 다시 만나기를 바란다는 인사를 허공에 남기고 버스정류장으로 향했다.

종로2가의 버스정류장은 혼잡했다. 이 흔한 삶들을 두고 우리는 왜 조금 다른 길을 가려 하는 것일까. 이들 모두의 삶을 일일이 알 수는 없지만 그저 평범한 삶을 살고 있을 것만 같은 인파 속에서 내 자신이 이질적이라고 생각했다. 그리고 언젠가의 술자리에서 그가 했던 말을 떠올렸다. 여행을 통해서 철저하게 실패해보고 싶었다는 말. 나는 아직도 그의 말을 정확하게 이해하지 못한다. 그리고 그것은 그만의 의미일 뿐, 앞으로도 나와는 무관한 의미일지도 모른다. 그와 나에게 여행이라는 공감대가 있기는 하지만 같은 삶을 사는 것은 아니기 때문이다. 하지만 그가 천 일간의 여행을 모두 마치고 이 도시로 돌아와 소주잔을 기울이는 날, 넘친 소주가 손가락을 적시는 잔을 앞에 두고 그에게 묻고 싶다. 당신은 철저하게 실패를 경험했느냐고, 그래서 당신의 여행은 철저하게 성공적이었느냐고.

서울에서
* 그의 이름은 '이세복' 이다.

크리스마스,
일상의
나날 중
하루

그들을 만난 것은 시골길을 몇 시간 걷다가 돌아오는 길에서였다. 마주 오는 그들과 인사도 하지 않고 지난다면 그것이 오히려 이상할 정도로 그 길은 사방에 집 하나 없는 한적한 시골길이었다. 두 명은 모두 작은 체구의 동양인이었다. 그중 한 명은 '산발'이란 말이 가장 먼저 떠오를 정도로 보다 보다 처음 보는 머리스타일을 하고 있었고 전체적인 분위기는 걸인이라고 해도 믿을 정도였다. 다른 한 명은 허름한 옷차림과 짙은 피부색에서 단번에 라오스 사람임을 알 수 있었다. 히피 같은 일본인이 동네에서 하는 일 없이 놀고 있는 젊은이를 가이드로 대동하고 다니는 것이 틀림없었다.

일본인은 나를 보자마자 '케이브! 케이브!' 그렇게 말했다. 그들은 이 시골 마을에 이정표도 없이 산재해 있는 몇 개의 동굴을 찾아 나선 모양이었다. 나는 동굴의 위치를 설명해주기는 했으나 가봐야 실망할 것이란 말을 덧붙였다. 가장 유명한 방비엥의 탐장 동굴마저도 나에게는 만족을 주지 못했기 때문이다. 우리가 사소하게 몇 마디를 더 주고받는 사이 그 꾀죄죄한 라오스 청년은 어디선가 꺼낸 손톱깎이로 우리를 약간 비켜서서 손톱을 깎기 시작했다. 그런 그들을 보면서 속으로 그렇게 생각했다. 그 주인에 그 가이드, 수준이 딱딱 맞는구나.

헤어지면서 일본인이 다시 물어왔다. 어느 나라에서 왔느냐고. 한국에서 왔다는 나의 대답 이후 아주 짧은 적막이 흘렀다. 그리고 그는 얼버무리듯 이렇게 말했다.

"저도…… 한국 사람인데요."

그러나 그의 말이 워낙 흐렸기 때문에 약간의 한국말을 할 줄 아는 일본인이 장난을 치고 있다고 생각했고, 내 입에서 아직 한 번도 한국

말이 나오지 않았기 때문에 그 역시 내가 한국인이란 답변을 반신반의했다. 후에 안 일이지만 그들 모두 나를 라오스인으로 믿고 있었고 내 손에 들린 카메라를 보고 그래도 라오스에서 제법 잘 사는 놈인 줄 알았다고 했다. 그도 그럴 것이 그 길은 여행자들이 걸어서 찾아오기에는 조금 먼 곳이었고 나의 옷차림도 현지에서 구입한 옷들이었으며 서울을 떠난 지 꽤 오래된 나의 모습이 어느 정도는 현지화된 모양이었다. 아무튼 우리는 서로를 믿지 못하는 마음으로 한국말을 아껴가며 묘한 탐색전을 한 후에야 손톱을 깎고 있던 라오스인마저도 한국인임을 확인하게 되었다. 그리고 저녁에 마을에서 만나면 식사를 하든지 술이나 한잔 하자는, 약속 아닌 약속을 하고 헤어졌다.

다시 만나기 위해서 굳이 약속이 필요하지 않을 정도로 방비엥은 작은 마을이었다. 그러나 저녁 시간 몇몇 식당들을 두리번거려도 그들의 모습은 보이지 않았다. 하지만 그들을 찾는 것도 그리 어려운 일은 아니었다. 숙박업소가 그리 많지도 않았지만 그들의 외모가 워낙 튀었기 때문이다. 몇몇 숙박업소를 들러 초저녁부터 잠을 자고 있는 그들을 깨워 밖으로 나왔다. 그리하여 우리는 지난 세기의 마지막 크리스마스이브를 함께 보내게 되었다. 그날은 1999년 12월 24일이었다.

"코쟁이 오는 곳 가봐야 안주도 이상하고……."

그 중 라오스인 같은 한 명이 서양인 여행자를 코쟁이라 부르며 그렇게 말했기 때문에 우리는 현지인들이 모이는 동네 끝의 술집으로 향했다. 그러나 그곳은 이미 문을 닫은 상태였다. 하는 수 없이 우리는 코쟁이들이 모이는 곳이라도 가야 했다. 겨울이 없는 나라였지만 방비엥의 12월 밤은 반소매 티셔츠에 가을점퍼 하나로 버티기에는 상당히 추웠다. 움츠린 어깨 때문에 가슴이 아플 정도였다. 코쟁이가 모이는 곳이라도 가보자며 마을로 되돌아오는 길에 추위를 녹이기에 안성맞춤인 모닥불을 발견했다. 구멍가게 주인이 추위를 달래려고 피워놓은 모닥불이었다. 우리는 그곳에 주저앉아 맥주를 마셨다. 사실 마을 끝까지 걸어가며 발견한 불 밝힌 집이라고는 딱 한 곳뿐이었다. 때문에 마을까지 되돌아간다고 해도 우리가 선택할 수 있는 폭은 한정되어 있었다.

명색이 20세기 마지막 크리스마스인데 모두들 너무 무심하다는 생각이 들었다. 이 작은 도시에서 호화찬란한 파티가 열릴 것이라는 기대는 없었지만 그래도 여행자들이 모이는 곳이니 그들의 호주머니를 노린 최소한의 장삿속은 보일 것이라고 예상했었다. 그러나 코쟁이고 뭐고 문을 연 술집은 달랑 한 곳이었고 우리는 그곳마저 마다하고 모닥불을 피워놓은 구멍가게에서 맥주를 마셨다.

많은 이야기들을, 또 그리 깊은 이야기들을 나누지는 않았다. 다섯 병의 맥주, 음력 보름이 이틀이나 지났지만 여전히 둥글고 신기할 정도로 컸던 달, 일곱 개의 닭꼬치, 부화되기 직전의 병아리가 들어 있던 삶은 달걀, 그리고 추위. 내가 기억하는 것들은 그런 것들이다.

우리는 취하지 않았지만 자리를 털고 일어섰다. 돌아오는 길 모닥불을 피워놓은 또다른 곳에서 불장난을 할 때도 우리는 여전히 별다른 말을 하지 않았다. 다만 같이 있는 시간 동안 내가 처음 그들을 보았을 때 느꼈던 선입견은 사라졌으며 그들 나름대로의 여행방식이 존재함을 인정하게 되었다. 내가 일본인이라고 믿었던 그는 한국에는 1년에 한두 번 들어갈까 말까 할 정도로 세상을 정처 없이 떠돌아다니는 사람이었다. 그런 그의 방랑이 7년이 넘었다는 이야기만 들었을 뿐 그는 더 이상 깊은 이야기는 하지 않았다. 어떻게 먹고사느냐는 질문에도 그게 문제라고만 대답했다. 맞는 말이었다. 산 입에 거미줄이야 치겠는가. 그러나 우리 모두 굶어죽지 않고 잘도 살고는 있지만 먹고사는 문제는 늘 우리 주변을 맴돌고 있지 않은가.

우리에게 더 이상 갈 곳은 없었다. 피워놓은 모닥불도 꺼져가고 변변하지 못한 우리의 옷차림은 누적되는 한기를 이겨내지 못하고 있었기 때문이다. 우리는 저마다 말할 수 없는, 말하기에는 너무 긴 사연이라도 하나씩 갖고 있는 사람들처럼 어둔 밤길을 말없이 걸어 숙소가 있는 곳으로 돌아왔다.

코쟁이 운운했던 친구가 나의 숙소 앞에서 말했다.

"내일, 우리 모두 방비엥을 떠나지 않게 된다면 강가에서 매운탕이나 끓여먹죠."

그것은 인사와도 같았다. 우리의 약속은 '우리 모두 방비엥을 떠나지 않는다면' 이라는 조건이 붙어 있었다. 고로 그 약속을 지키기 위해 방비엥에 억지로 머물러야 할 필요도 없으며 누군가 방비엥을 떠난다면 자연 무효한 약속이 되는 것이었다. 우리는 그렇게 스스로 여행자임을 확인하고 있었다. 그러고 보면 저녁 시간 마을에서 보게 된다면 식사나 하든지 술이나 한잔 하자는 낮의 약속 또한 아무런 구속 없는 여행자다운 약속이었다.

가로등도 없는 밤길로 사라지는 그들의 뒷모습을 바라보았다. 어둠과 가게의 백열등 불빛은 그들을 삼켰다 토해내고, 다시 삼켰다 토해냈다. 어쩌면 나는 그들의 뒷모습에서 그들의 빈자리를 보았을지도 모르

고 그 빈자리에서 상처 난 나의 외로움을 발견하게 되었는지도 모른다. 기억컨대 라오스는 나의 여행 중에서 가장 힘들었던 여행이었다. 왜 그렇게 무참히도 무너졌는지.

다음날 아침, 나는 첫차로 방비엥을 떠났다. 해는 보이지 않았지만 날이 밝아오고 있었다. 새벽 강에서는 아지랑이처럼 안개가 피어올랐고 부지런한 어부는 벌써부터 그물을 드리우고 있었다. 안개에 가려 가물가물한 어부를 보면서 그동안 내가 너무 게을렀다는 생각이 들었다. 내가 방비엥에 머무는 동안 단 한 번도 그런 모습을 보지 못했기 때문이다. 나는 그렇게 나의 게으름을 탓하며 방비엥을 떠났다.

그것이 나의 지난 세기의 마지막 크리스마스였다. 20세기에서 21세기로 바뀐다는 이유로 그해 연말 세상은 많이도 흥분했을 것이다. 그러나 방비엥의 어느 누구도 크리스마스나 해가 바뀌는 12월 31일을 기억하지 않았다. 특별한 의미를 부여하기 좋아하는 세상 사람들이 호들갑을 떨고 있을 때 그들은 침묵하며 새벽 강에 그물을 드리우고 있을 뿐이었다. 해가 지고 다시 떠오르는 수많은 날들 중의 하루 그 이상은 아니었던 것이다.

하기야 해는 늘 그 자리에 있을 뿐 뜨지도 지지도 않는다. 우리 혼자 제자리를 돌며 밤과 낮을 만들고, 태양 주변을 맴돌면서 계절을 만들고 있는 것이다. 그렇게 맴돌다 한바퀴를 돌고 나면 우리는 1년이 지났다고 말한다. 우리의 임의대로 20세기와 21세기의 경계를 정해놓고 스스로 흥분하는 것처럼, 가만히 있는 태양을 두고 지극히 주관적인 관점에서 뜬다 진다를 말하는 우리의 삶은 너무 이기적이지 않았을까.

방비엥에서 그날 내가 배운 것은 내가 의미를 부여했던 것들이 누군가에게는 아무 의미 없는 일일 수도 있으며 특별한 의미를 부여할 때 더욱 공허해질 수도 있다는 사실이었다. 이렇게 특별한 날 혼자 있어서 슬프고, 이렇게 특별한 날 선물을 받지 못해서 섭섭하고, 이렇게 특별한 날 눈이 오지 않아서 아쉽고…….

아무것도 특별할 것이 없다고 생각하기엔 세상이 너무 허무하고 운동회에서 자리를 찾지 못한 아이처럼 쓸쓸한 일인지도 모른다. 하지만 해가 뜨고 지는 일상에 그런 차별을 부여하는 것보다는 나날이 밝아오는 새벽 모두를 축복으로 받아들이는 것이 더욱 아름다운 일이 아닐까.

그럴 수만 있다면 그렇게 살고 싶다. 그토록 특별한 날의 새벽에도 이른 강가에 나가 말없이 그물을 드리우는 어부의 마음으로 묵묵히 오늘을 살 수만 있다면 그렇게 살고 싶다. 그리고 아무것도 특별할 것이 없는 나의 삶 중 어느 날, 문득 친구가 그리워지면 강가에 나가 친구들이 나를 위해 끓여놓은 매운탕을 먹고 싶다. 그래서 나는 오늘도 방비엥으로 돌아가면 강가에서 매운탕을 끓여놓고 나를 기다려줄 누군가가 있을 것 같은 대책 없는 희망을 가져본다. 그곳에서 나를 위해 준비된 비릿한 매운탕을 배불리 먹고는 세상은 역시 행복해, 하며 웃음 짓고 싶어진다.

라오스 방비엥에서

# 길고도
# 먼
# 인연

　남들이 알려준 방향을 향해 아무리 걸어도 터미널은 나타나지 않았다. 길은 이제 한적하다 못해 루앙프라방을 완전히 벗어나고 있는 느낌이었다. 잘못된 길일지도 모른다는 불안감이 있었지만 아무 갈래도 없는 외길이었으니 계속 걸을 수밖에 없었다. 마을을 벗어나 온전히 시골길을 걷기 시작하면서부터는 내가 생각하는 터미널은 잊어야 한다고 생각했다. 터미널이 이토록 동떨어진 곳에 있다면 궁색할 것이 분명하고 자칫 터미널이 알아보지 못할 정도의 수준일 수도 있기 때문이었다. 나는 가장 초라한 터미널을 머리속에 떠올렸다. 경험 덕분일까. 터미널은 상상에서 크게 벗어나지 않았다. 변변한 건물도 없이 허술한 매표소가 하나 있었고 널찍한 비포장 공터에 허리 높이의 나무 울타리를 두른 것이 고작이었다. 정차되어 있는 차량은 버스와 트럭 달랑 한 대씩. 이렇게 먼 줄 알았다면 걷지는 않았을 것이다.

　원류를 알 수 없는 거대한 돌항아리들이 신비하게 벌판에 널려 있다는 '폰사반'에 가보고 싶었다. 25헥타르의 평원에 흩어진 334개의 돌항아리들. 1미터 남짓한 크기부터 지름과 높이가 2.5미터가 넘는 것들까지 크기도 다양하지만 모양 역시 비슷한 듯하면서도 조금씩 다른 돌항아리들. 그 많은 돌들이 왜 그곳에 흩어져 있는 것일까. 술을 담갔을 것이란 이야기도 있고 옹관묘처럼 시체를 안장하던 용도라는 주장도 있지만 결국 아무것도 밝혀지지 않은 채 불가사의로만 남아 있는 돌항아리들.

그러나 새끼손톱을 기른 매표소 청년은 폰사반까지 이틀이 걸린다고 했다. 그것도 이곳에서 출발하는 직행버스는 없으며 가이드북은 물론이고 지도에서도 찾을 수 없는 '포쿤'이라는 곳에서 하루를 묵고 그곳에서 다시 버스편을 알아봐야 한다고 했다. 왕복 나흘이 필요하니 일주일은 잡아야 하는 일정이었다. 남은 여정을 생각할 때 무리한 일정이었다. 거기에 이틀 동안 산길 버스에 시달리기에는 난 너무 지쳐 있었다. 인도네시아 산길을 달리던 버스에서 세 번씩이나 구토를 한 일이 생각났다. 언젠가 다시 라오스에 오게 된다면, 그때 찾아갈 곳을 남겨두는 것도 좋을 것이라고 위로하며 도시로 돌아왔다.

돌아오는 길은 삼로를 이용했고 삼로는 우체국 앞에서 멈추었다. 나는 숙소로 가기 전 소수부족 여인들이 손으로 직접 만든 수예품을 파는 우체국 앞 공터로 갔다. 그들이 파는 물건들은 붉은색과 파란색을 주로 사용하고 있었으며 컵받침이나 쿠션 커버, 주머니가방, 필통 등 대부분 소품들이었다.

조금 놀라웠던 것은 아낙들 가운데 버젓이 자리 하나를 차지한 채 주인 행세를 하고 있는 예닐곱 살 정도의 계집아이였다. 당황스러울 정도로 당당한 아이의 태도가 매우 생경했다. 어른들이 만든 물건과는 다르게 생활 소품으로 이용될 수 있는 상품들은 아니었지만 아이의 작품은 꽤 눈길을 끌었다. 진한 청색 천 위에 새나 사슴 등의 짐승 모양을 오려서 바느질한 천조각이었다. 끝마무리는 어설펐지만 아이들의 순수함

과 상상력이 고스란히 담겨 있던 작품이었다.

　가격을 물었다. 두 장에 4천 킵을 요구했다. 나는 반을 뚝 잘라서 2천 킵을 주겠다고 했다. 물론 의사소통은 손짓이었으며 그나마도 그의 어미가 중간에서 통역을 하고 있었다. 그러나 아이는 고개를 살래살래 흔들었다. 여간 단호한 표정이 아니었다. 어미는 철저히 아이의 의견을 존중하고 있었고 아이는 자신의 물건에 대한 자부심과 고집으로 똘똘 뭉쳐 있었다. 결국 어미의 차분한 설득 끝에 3천 킵에 물건을 구입할 수 있었다.

　물건을 구입한 이유는 세 가지였다. 첫째, 대량 생산된 공산품이 아닌, 아이의 손으로 직접 만든 수공예품이었기 때문이다. 세상에서 하나밖에 없는 작품이란 것은 질이 좋고 나쁨을 떠나서 매력이 아닐 수 없었다. 둘째는 아이의 의사를 철저히 존중하던 어미의 태도였다. '2천 킵에 달라는데 그냥 줘!' 라고 아이를 윽박지를 수도 있었지만 어미는 아이가 직접 책정한 가격을 존중해주었다. 가난한 나라의 아이들이 노동의 현장에 뛰어드는 것은 매우 흔한 일이다. 그러나 그들의 노동이란 것이 대부분이 구걸이고 임금을 받는다고 해도 노동 착취에 가까운 것이 태반이다. 그런 상황에서 자신의 실력으로 물건을 만들고 그 물건에 대한 가격을 당당하게 요구하는 아이와 그것을 존중하는 어미의 태도가 내 마음을 흔들었다. 어차피 아이들이 일을 해야 되는 상황이라면 차라리 이런 모습이 이상적이겠다는 생각이 들었기 때문이다. 셋째 이유는 당연히 그 물건이 마음에 들었다. 정제되지 않았지만 아이의 상상력과 어설픈 손길이 고스란히 느껴지는 작품이었기에 여느 여인들의 반듯한 물건과는 차별점이 있었다.

돈을 받은 아이의 얼굴에는 조금 전의 의젓한 표정은 사라지고 용돈이라도 받은 아이처럼 웃음이 한가득이었다. 옆에서 코흘리개 동생이 누나에게 손을 내밀었고 아이는 내게 받은 3천 킵 중에 2백 킵을 동생 손에 쥐어주었다. 나머지 돈은 호주머니의 다른 지폐와 함께 다시 호주머니에 집어넣었다. 그러고는 고사리 같은 손으로 다시 바느질을 시작했다.

또다른 좌판에서는 볕바른 양지에 골라 앉아 방석을 만들고 있던 할머니가 있었다. 할머니는 콤플렉스를 갖고 있는 나의 손보다도 굵은 손마디를 갖고 있었다. 비록 각인된 주름과 돋보기안경의 할머니지만 그에게도 꽃다운 열일곱이 있었겠지. 할머니는 명주실처럼 긴 삶을 어떻게 살아왔을까. 그의 인생은 충분히 보상받았을까.

열아홉에 시집와서 험한 산길 올라가 척박한 땅에 씨를 뿌리며 살아왔을지도 모르고 자식새끼에게만은 가난을 물려주지 않으려 노동의 피곤을 이기며 한땀 한땀 바느질을 했을지도 모른다. 그러다 늙은 노모 먼저 보내고 이제는 자신이 그 나이가 되어버린 할머니. 라오스 산골의 한 여인은 그렇게 늙어버렸다. 자식새끼에게 물려주지 않으려 했던 가난은 이제 손자 손녀에게로 유보되었겠지. 평생 자신의 행복 한 번 빌어보지 못한 여인.

저 방석 하나를 만들기 위해서는 얼마만큼의 시간이 필요한 걸까. 손님을 기다리며 그렇게 쪼그리고 앉아 만들었을 좌판 위의 물건들. 나는 좌판 위의 물건들을 보면서 그가 살아온 길들을 생각했다. 하지만 탈지脫脂된 피부와 그의 손마디로 할머니의 행복을 판단하고 싶지는 않았다.

　할머니에 비하면 나는 그래도 행복한 편이었어, 하고 생각하지 않았다. 적어도 나보다는 행복했겠지, 생각했다. 이유는 내가 갖고 있는 행복보다는 더 큰 행복이 할머니에게 있기를 바라기 때문이었다. 최소한 그만큼은 행복했어야 내 마음이 편할 것 같았다. 할머니에게 몇 개의 소품을 샀다. 컵받침 몇 개와 필통 그리고 팔찌. 그녀의 소망이 엮인 수예품. 그 천조각 몇 개로 나와는 상관없이 살아가던 그와 인연을 맺었다.

　그는 내가 떠난 후에도 늘 그 자리에 앉아 나 같은 여행자를 기다리며 반나절을 걸려 한 장의 방석을 만들 것이다. 우리는 아무 인연이 없었다는 듯, 그는 라오스 어느 산중에서 살아갈 것이고 나 또한 서울의 하늘 밑을 떠돌 것이다. 하지만 나는 서울에서도 내가 산 몇 장의 천조각을 보며 가끔 그를 생각할 것이다. 참, 멀고도 긴 인연이다. 내가 지불한 돈보다 함께 드렸던 미니계산기를 더욱 좋아했던 할머니.

　루앙프라방에 다시 올 수 있을까. 언젠가는 그렇게 보고 싶었던 평원의 돌항아리들을 확인할 수 있을까. 그때도 할머니는 저렇게 양지에 앉아서 바느질을 하고 있을까. 그때 아이는 몇 살이나 되어 있을까.

라오스 루앙프라방에서

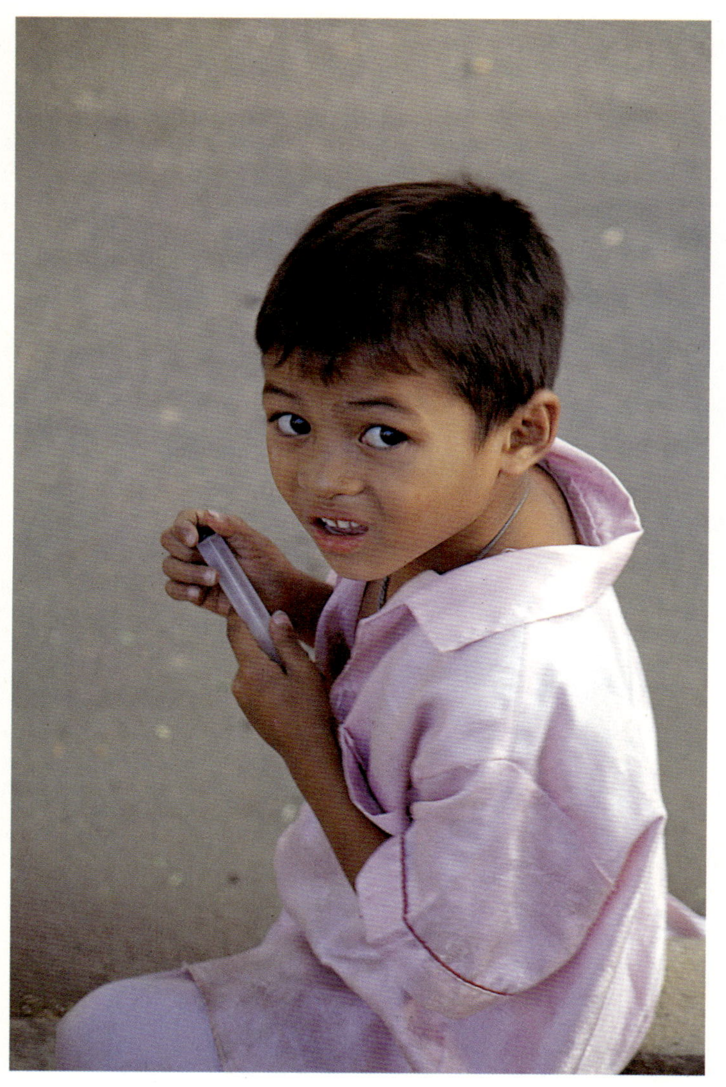

# 다시는
# 나를
# 슬프게 하지
# 않기를

미니트럭은 황량한 비포장도로의 연속이었던 몇 개의 산을 돌아서 쾅시 폭포에 도착했다. 계단식으로 이루어진 여러 갈래의 물줄기는 모내기를 마친 다랭이논이 연상되기도 했고 여러 개의 야외 욕조를 붙여 놓은 것처럼도 보였다. 폭포답지 않게 열대의 바다를 닮은 물빛과 촉촉하게 젖은 이끼들. 수량이 풍부하지 않은 건기임에도 쾅시 폭포는 훌륭했다. 가끔씩 바람에 묻어 날아오는 미세한 물방울들이 얼굴을 적셨다.

폭포와 조금은 거리를 두고 나무 밑 벤치에 앉았다. 매표소 입구 좌판에서 구입한 한 무더기의 바나나를 꺼내어 그중 하나를 꺾어 껍질을 벗겼다. 바나나를 씹으며 바나나를 팔던 여인을 떠올렸다. 나무판자 위에 놓여 있던 몇 무더기의 바나나들은 부피가 각기 달랐다. 그러나 가격은 똑같은 2천 킵. 양이 거의 두 배 가까이 차이 나는 바나나들이지만 가격이 같다니, 이유가 궁금했다.

"양이 다른데 왜 가격은 같죠?"

"모두 다 열네 개씩 달려 있어요."

여인의 이야기를 듣고 보니 정말 개수가 모두 같았다. 크기는 제각각이어도 개수가 같기 때문에 가격도 같다!? 그 여인의 계산방식이 마음에 들었다. 소수점까지 계산되는 전자저울은 정확함은 존재할 수 있을지 모르나 너무도 빈틈이 없으며 인간미라고는 털끝만큼도 찾아보기 힘들지 않은가. 여유를 찾아보기 힘든 팍팍한 세상에서 그녀의 허술한 계산방식은 단순하면서도 원시적이고 인간적일 뿐만 아니라 나름 합리적이란 생각까지 들었다. 마치 때 묻지 않은 물물교환 시대로 회귀라도 한 것 같은 착각 때문에 나의 입가에는 흐뭇한 미소가 지어졌다. 나는 실 같은 웃음을 머금고 양이 가장 적은 바나나를 선택했다.

바나나로 요기를 한 후 나무 그늘에서 쉬고 있을 때 네댓 살 정도의 꼬마녀석이 내 주변에서 어슬렁거렸다. 녀석은 나의 얼굴과 카메라를 호기심 어린 눈빛으로 바라보았다. 그러나 녀석이 수줍은 듯 손가락을 입으로 가져가는 순간 가슴이 쿵 하고 내려앉는 느낌이었다. 아물고 있는 과정이기는 했지만 손가락이 반쯤 패인 깊은 상처 때문이었다. 제때 봉합치료를 했어도 큰 흔적이 남을 일이건만 변변한 약 한 번 바르지 못해 덧나고 또 덧난 상처. 거즈도 없이 노출된 상처의 깊이로 보아서 인대도 손상되었을 것이 틀림없었다. 입을 벌린 채 아물어가는 상처를 보면서 나는 침울했다.

함께 트럭을 타고 간 여행자들이 기념사진을 찍기 위해 모여들었다. 우리 주위를 맴돌던 녀석을 한 유럽 여행자가 불러서 무릎에 앉혔고 나는 여행자들이 내민 몇 개의 카메라를 들고 사진을 찍어주었다. 그렇게 녀석은 내가 누른 셔터 속에서 여행자들과 함께 나를 바라보고 있었고 나는 왠지 모르게 녀석의 눈을 똑바로 쳐다볼 수가 없었다. 내가 갖고 있는 카메라만 팔아도 그런 아이 수십 명은 치료하고도 남을 것이다. 어떻게 살아야 하는 것일까. 숙명처럼 받아들여야 하는 평등하지 않은 세상. 갑자기 죄인이 된 느낌이었다. 나는 껄끄러운 그 느낌을 애써 무시했다. 마음이 몹시 불편했기 때문이다. 그리고 그렇게 생각했다. 곧 잊겠지. 나는 그렇게 살아왔으니까.

돌아오는 길은 미니트럭 뒤쪽 발판에 매달려 멀어지는 산들을 바라보았다. 황톳길 잡초는 건기로 인해 수개월 동안의 흙먼지를 누렇게 뒤집어쓰고 있었고 먼 산들도 달리는 트럭의 먼지로 뿌옇게만 보였다. 꽃잎은 지고 하얀 꽃술만 남은 들꽃 무성한 산등성이들과 머리 가득 땔감을 이고 들판으로 내려오는 여인들. 그나마 자전거가 있는 아이들이 먼저 돌아간 후 흙먼지 풀풀 날리는 몇 십리 길을 혼자서 혹은 두셋이 짝을 이루어 걷는 아이들. 그래도 돌아갈 곳이 있다는 것은 행복한 일이다.

트럭이 한참을 더 달렸을 때 자전거를 탄 아이들이 보였다. 그중 아이 하나가 기를 쓰고 트럭을 따라붙었다. 아이에게 파이팅을 외치며 힘을 내라고 응원을 했고 녀석은 있는 힘을 다해서 페달을 밟았다. 비포장도로라 트럭이 빨리 달리지는 못했지만 자전거가 트럭을 따라붙을 수는 없는 일. 무엇보다 녀석은 우리 차량이 만들어내는 흙먼지를 고스란히 들이마시며 달리고 있었기 때문에 헐떡거리는 녀석에게 몹시 미안한 마음이 들었다. 그래도 녀석은 포기하지 않았다. 녀석의 그런 오기를 처음에는 장난스럽게 받아주었는데 갑자기 아이의 모습이 짠하게 다가왔다. 아이의 얼굴은 여전히 장난스러웠지만 괜히 나 혼자 가슴이 뭉클해지고 먹먹해지기까지 했다. 그래서 힘을 내라고, 조금만 더 힘을 내라고 고래고래 소리를 질렀다. 마치 고지를 코앞에 두고 쓰러지려는 전우를 격려하는 병사처럼. 그러나 그렇게 애절한 나의 손짓에도 불구하고 아이는 제풀에 지쳐 점점 멀어져만 갔다. 허연 흙먼지 속으로 사라져가는 아이. 결국 아이는 지친 자전거를 세웠다. 아이는 그 먼지 속에서 내게 손을 흔들었다. 아이의 얼굴이 하얗게 보인 것은 녀석이 웃고 있었기 때문일 것이다. 아이는 멀어지는 흙먼지 속에서 내가 흔들었던 손을 보았을까. 그리고 내가 흘렸던 눈물을.

　해가 지고 있었다. 높은 산 둥근 봉우리에 지쳐 해가 지고 있었다. 기력 잃은 저 해가 지기 전 모두들 집으로 돌아가겠지. 저울 없는 시골에서 유일한 분별 기준인 개수만으로 가격을 책정하던 여인과 치료시기를 놓쳐 덧나고 덧난 상처가 붉은 석류처럼 벌어진 손가락을 가진 아이. 따를 수 없다는 것을 알면서도 마지막 순간까지 먼지 속에서 페달을 밟던 녀석. 모두들 이제 집으로 돌아가 편안히 쉴 수 있기를, 그래서 다시는 나를 슬프게 하지 않기를…….

라오스 루앙프라방에서

# 우리는
# 친구가
# 아니야!

나는 왼팔에 차고 있던 손목시계를 풀었다. 그리고 기념품 가게에서 구입한 손바닥 만한 복주머니에 그것을 넣고 매듭을 지어 묶었다. 숙소 주인은 카운터 테이블 위에 백지를 올려놓고 받아쓰기를 준비 중인 초등학생처럼 나를 바라보고 있었다. "이 시계는 결코 좋은 것은 아니야. 하지만 오랫동안 내가 차고 다녔던 것이니 기쁘게 받아주었으면 좋겠다. 우리는 다시 볼 수 있을 거야. 나는 내일 아침 캄보디아로 떠난다." 숙소 주인은 내가 영어로 불러주는 것을 베트남어로 받아적었다.

내가 쏜타를 만난 것은 나짱 해변에서였다. 몸을 담그면 온몸에 초록이 물들 것 같은 눈부신 물빛과 발가락 사이를 간질이는 고운 모래의 백사장. 무려 10킬로미터나 뻗어 있는 나짱 해변은 아마도 베트남에서 가장 아름다운 해변 중에 하나일 것이다. 나는 오후만 되면 그런 바닷가에 나가 파라솔 밑에서 책을 보거나 낮잠을 자거나 일광욕을 즐겼다.

그렇게 며칠이 지났을 때 문득 늘 해변 끝에 정박해 있던 하얀 돛의 요트가 궁금해졌다. 샌들을 벗어들고 제법 긴 해변을 걸어서 그곳에 도착해서야 그곳이 고급 리조트이며 내가 보았던 것은 요트가 아니라 카타마란Catamaran이라는 작은 해양스포츠 기구라는 것을 알게 되었다.

그곳에는 기구를 담당하는 두 명의 직원이 있었는데 그 중 한 명이 바로 쏜타였다. 나는 사진 촬영 양해를 구하기 위해 그들과 인사를 나누었고 그들은 매우 우호적이었다.

그들은 정확하게 5시가 되었을 때 제트스키와 페달보트 등 해양스포츠 기구들을 백사장으로 올리고 퇴근을 준비했다. 그들은 자신들의 오토바이를 타고 시내로 놀러가자고 제의했다. 조금 급작스럽기는 했지만 새로운 경험을 마다할 이유가 없었다. 우리는 시내를 몇 바퀴 질주한 후 카페에서 커피를 마셨다. 고참 직원인 찬투는 학원에 가야 할 시간이 되었다며, 찻값을 두고 나와 승강이를 한 끝에 결국 자기가 계산하고는 자리에서 일어났다. 영어가 서툰 쏜타와 둘이 남게 되었지만 그래도 우리는 많은 이야기들을 나눌 수 있었고 웃음이 떠나지 않는 쏜타의 얼굴에서 성실함과 착한 심성을 느낄 수 있었다. 쏜타는 언젠가는 작은 레스토랑을 갖고 싶다는 자신의 꿈에 대해서도 이야기했다.

그는 나의 숙소까지 다시 태워주었으며 나는 다음날 5시까지 그가 일하는 리조트로 놀러가겠다고 약속했다. 하지만 다음날 내가 리조트에 도착한 시간은 5시가 훨씬 넘어서였고 쏜타는 나를 기다리다 퇴근한 후였다. 약속을 제대로 지키지 못해 미안했다.

나는 숙소로 돌아와 자전거를 빌려서 전날 카페에서 그가 적어준 주소를 들고 그의 집을 찾아가기로 했다. 다행히 내가 갖고 있던 관광지도에 우리의 동洞에 해당하는 그의 주소가 표시되어 있었으며 더욱이 그곳은 유적지를 찾아가기 위해 이미 다녀왔던 길이기에 어렵지 않게 찾아갈 자신이 있었다. 동네에 도착한 후 쏜타의 집을 찾는 것은 그의 이름만으로도 충분했다. 하지만 쏜타는 집에 오토바이를 세워둔 채 외

출중이었다. 집에는 아버님이 계셨지만 내가 아는 베트남어
는 '깜온 감사합니다'이 전부였고 아버님의 영어는 '호텔'이란 단
어 하나가 전부였기에 아무런 대화도 나눌 수 없었다. 하지만 쏜
타의 웃는 얼굴은 아버님을 닮은 모양이었다. 아버님 역시 친절하고
웃음이 많은 분이었다. 다음날 5시에 리조트로 놀러가겠다는 메모를
남기고 숙소로 돌아왔다.

　다음날 역시 우리는 그의 오토바이를 몰고 목적지도 없이 도시 이곳
저곳을 누비고 다니다가 포켓볼을 치고 차를 마셨다. 쏜타는 3년 전에
돌아가신 어머니를 아직도 그리워하고 있었고 어린 나이에 가장으로
서 살림을 책임지고 있는 현실이 조금은 버거운 듯 보였다. 그래도 그
는 항상 밝고 건강했으며 얼굴에서 웃음이 떠나지 않았다. 그렇게 며칠
이 지나면서 쏜타와는 정이 들어버렸다.

　그리고 우리는 어느 날 하얀 돛이 달린 카타마란을 타고 바다로 나갔
다. 하얀 돛 때문에 요트로 착각했던, 어찌 보면 쏜타와의 인연에 계기
가 되었던 뗏목이었다. 카타마란은 바람에만 의존하는 기구였지만 속
도는 무척 빨랐다. 쏜타는 일일이 조작방법을 알려주었고 의외로 어렵
지 않게 그 방법들을 익힐 수 있었다. 먼 바다로 나아갈수록 파도는 거
칠었다. 몰아치는 파도가 온몸을 뒤덮었지만 바다를 헤쳐나가는 기분
은 정말 짜릿했다. 해변은 아득히 멀어졌고 우리는 괴성을 지르며 자지
러지게 웃어젖혔다. 돌아오는 길 해변의 야자수 뒤로 서서히 해가 지고
있었다. 그때 쏜타가 말했다.

　"우리 친구 맞죠?"

　그날 저녁 나는 쏜타를 데리고 한국식당을 찾았다. 쏜타에게 말을 하

지는 않았지만 사실 그날은 나짱에서의 마지막 날이었고 쏜타와 헤어지기 전 기념이 될 만한 저녁식사를 하고 싶었다. 먹고 싶은 것을 고르라고 메뉴판을 내밀었을 때 쏜타는 놀라서 나가자고 했다. 그도 그럴 것이 그의 월급이 5십만 동인데 1인분 식사 가격이 5만 동이었기 때문이다. 결국 쏜타는 가장 싼 김치볶음밥을 골랐지만 내 임의대로 김치찌개와 불고기백반으로 주문했다. 어쩌면 그에게 기념이 아니고 박탈감과 상처로 남을 수도 있는 식사였지만 나의 마음을 이해해줄 것이라고 믿었다. 식사가 끝나갈 무렵 녀석은 아까부터 만지작거리던 손가락에서 용 문양의 은반지를 빼더니 나에게 내밀었다.

"모레 다른 호텔 직원과 포켓볼 게임이 있는데 함께 가요."

"난, 내일 저녁에 호치민으로 떠나."

미안했다. 떠난다는 말이 정말 미안했다. 쏜타는 다음날 저녁 나를 배웅하기 위해 나의 숙소로 왔고 우리는 시장으로 가서 녀석이 사주는 국수로 마지막 저녁을 먹었다. 버스 시간이 다가올 무렵 나는 쏜타를 먼저 보냈다. 도저히 녀석을 세워두고 내가 먼저 떠날 수가 없었기 때문이다. 녀석은 내가 떠나는 것을 보겠다고 우겼지만 나의 고집이 더 강했다. 핸들을 돌리는 녀석과 눈을 마주칠 수가 없었다. 어둠 속에서 빛나고 있던 녀석의 눈동자를 보았기 때문이다. 남아야 하는 쏜타를 위해 나는 최대한 냉정하려 애썼다.


나는 그렇게 나짱에서 호치민으로 떠나왔다. 그리고 또다시 호치민을 떠날 무렵 다음 목적지가 나짱이라는 일본인 여행자를 만났다. 그는 나와 반대 코스로 베트남을 여행 중이었다. 변변한 신발이라도 하나 사주지 못하고 떠나온 것이 마음에 걸렸던 나는 일본인 친구를 통해 내가 차고 다니던 손목시계를 그에게 보내기로 했다. 영어가 서툰 쏜타를 위해 편지는 숙소 주인에게 부탁해서 베트남어로 작성했다.

나에게 반지를 빼주었을 때 녀석의 손가락에 남았던 하얀 자국처럼 이제 나의 손목에 하얀 자국이 남아버렸다. 머지않아 녀석의 손가락과 나의 손목에 남은 하얀 자국은 사라질 것이다. 그러나 우리의 우정만은 오래 간직되기를 소망했다. 그리고 카타마란을 타고 바다로 나갔을 때 녀석이 던졌던 물음이 생각났다. 우리 친구 맞죠? 나는 숙소 주인에게 다시 부탁했다.

"한 마디 더 추가해주세요. 우리는 친구가 아니야. 우리는 형제야!"

베트남 나짱에서

우리의
10년이
붉게
물들기를

　　도시는 날이 저물면서 푸른빛을 띠기 시작했다. 두 사람이 나란히 걷기에는 조금은 비좁은 인도. 나는 그를 따라 걸으면서 그의 발걸음이 뒤따라 걷고 있는 나를 배려하고 있다고 생각했다. 우리가 들어선 카페에서는 MTV의 음악이 흘러나오고 있었고, 사각 모서리가 굴절된 넓은 유리 벽면을 통해 푸른빛에서 회색으로 변해가는 도시의 빛을 볼 수 있었다. 안쪽 테이블에 자리를 잡은 나는 그가 좋아하는 클로스터 맥주를 주문했다. 독일과 합작해서 만든다는 태국 맥주. 처음 마셔보는 클로스터는 그의 말대로 쓰지 않고 뒷맛이 깔끔했다. 그때 그는 방콕 현지 가이드 10년차였다. 나는 첫잔을 반도 비우지 않은 그에게 대뜸 이렇게 물었다.

"옛날에는 돈 많이 벌었다면서?"

"95년부터 97년까지는 죽여줬지."

그렇게 말한 그는 소리 없이 웃고 있었다. 이제는 모두 지난 이야기. 궁색한 현실은 아니지만 그런 호황은 다시 오지 않을 것이다.

"지금은 돈 생각 많이 안 해. 공항에서 손님 기다릴 때도 오히려 심호흡하면서 자신을 긴장시키고 손님들에게 들려줄 멘트를 생각하지."

가이드 생활 10년이면 잠꼬대를 하면서도 줄줄이 읊어댈 멘트를 손님을 기다리는 공항에서까지 연습한다던 그는 이제 가이드를 그만둔 지 오래다. 그때 그는 자신의 IMF 시절을 이야기했다. 고향으로 돌아가 잠깐 동안 친구와 동업했던 단란주점. 그는 그 경험으로 한 뼘은 더 성숙해졌다고 했다.

노래와 술로 흥청대던 영업시간이 끝나면 그는 여종업원들을 불러 모아 붉은 봉투 하나씩을 내밀었다. 그날의 일당이 담긴 봉투. 중국인들이 명절에 세뱃돈을 줄 때 사용한다는 붉은 봉투였다. 붉은색에는 행운과 부의 의미가 담겨 있었다. 그리고 우리 모두 돈 많이 벌어서 빨리 이곳을 떠나자는 맹세. 나름대로의 고통과 사연을 갖고 있는 여종업원들은 그 맹세 앞에서 눈물을 흘렸다고 했다. 문방구에 가면 널리고 널린 편지봉투를 외면하고 굳이 붉은 봉투를 고집한 것은 가이드를 하면서 보았던 중국인 풍습이 마음에 남았기 때문이었다. 그러나 태국에 남아 있는 동료에게 국제전화로 부탁한 붉은 봉투는 차이나타운에서도 구할 수 없었다고 했다. 중국인들도 명절에만 사용하는 봉투였기 때문이다. 결국 그는 고향 논산의 인쇄소를 수소문해서 붉은 봉투를 직접 만들었다.

그러나 경험도 없이 시작했던 사업이었다. 술장사란 것이 어디 그리 호락호락한 일일까. 그의 사업이 허망하게 쓰러진 어느 날이었다. 자신의 업소에서 일하던 여종업원에게 만나자는 전화가 걸려왔다. 그녀는 마주앉은 테이블 위에 한 뭉치의 붉은 봉투를 내밀었다. 그에게 받은 첫번째 붉은 봉투 속에 그녀는 두번째, 세번째, 네번째…… 그렇게 모든 봉투를 곱게 접어 모았던 것이다.

그녀는 고개를 숙이고 말했다. 이 붉은 봉투 때문에 자신은 돈을 벌수 있었다고, 고마웠다고. 아무 것도 포기하지 말고 이 붉은 봉투로 당신도 이제 돈을 벌었으면 좋겠다고.

우리는 세 병의 클로스터를 마시고 거리로 나왔다. 좁은 인도를 걸었고 도시는 이미 어두워져 있었다. 그는 방콕으로 돌아와 다시 가이드를 시작했고 몇 년 만에 단란주점을 통해 진 빚을 다 갚을 수 있었다고 했다.

그런 그가 지금은 가이드를 그만두고 새로운 세계로 뛰어들었다. 프로골퍼 시험에 합격해 방콕에서 티칭프로로 일하고 있는 것이다. 여전히 방콕을 벗어나지 않았지만 방콕에 가면 늘 만날 수 있는 친구가 있다는 것은 다행한 일이다. 내가 그토록 특별하게 생각하는 방콕이면서도 녀석이 없다면 나는 그곳에서 여전히 이방인처럼 여겨질 것이기 때문이다.

나는 늘 그에게 산을 넘어야 한다고 말했다. 허물없는 친구가 되기 위해서는 큰 산을 세 번은 넘어야 한다고. 고비가 닥쳤을 때 산을 넘지 못하고 인간관계에 등을 진다면 그것으로 다한 인연일 뿐이며, 산을 넘고도 만남이 이어진다면 그제야 진정한 친구가 되는 것이라고. 그래서

TAXI
2546
2548
ลล-2153
กรุงเทพมหานคร

나는 실수를 하거나 상대에게 상처를 주는 일도 그리 나쁜 것만은 아니라고 생각한다. 온전한 인간은 없으니 그런 일들은 언제든 벌어질 수 있는 일이요, 그런 과정도 없다면 그게 비즈니스지 무슨 인간관계일까. 문제는 그것을 극복하느냐 못하느냐의 문제일 것이다.

내가 산 이야기를 하면 녀석은 또 산타령이냐고 핀잔을 준다. 그 사이 우리는 몇 개의 산을 넘었을까. 나는 몇 번의 실수를 했고 녀석은 나에게 몇 번의 실망을 주었을까. 자잘한 산은 수없이 넘었겠지만 그래도 앞으로 큰 산 하나는 더 넘어야 하지 않을까. 상징적인 의미로서도 큰 산 하나는 늘 남겨두는 것이 좋은 일이란 생각을 한다. 우리는 언제든 실수할 수 있는 불완전한 인간이기 때문이다.

그리고 나는 늘 우리의 10년을 소망한다. 우리의 10년이 그가 시골 인쇄소에서 애써 만든 붉은 봉투처럼 붉게 물들기를 희망한다. 우리의 우정이 더 풍성해지고 우리의 삶이 더 많은 행운으로 가득하기를 기원한다.

태국 방콕에서

* 녀석의 이름은 '영근'이고 별명은 '나락'이다.

Silver 925

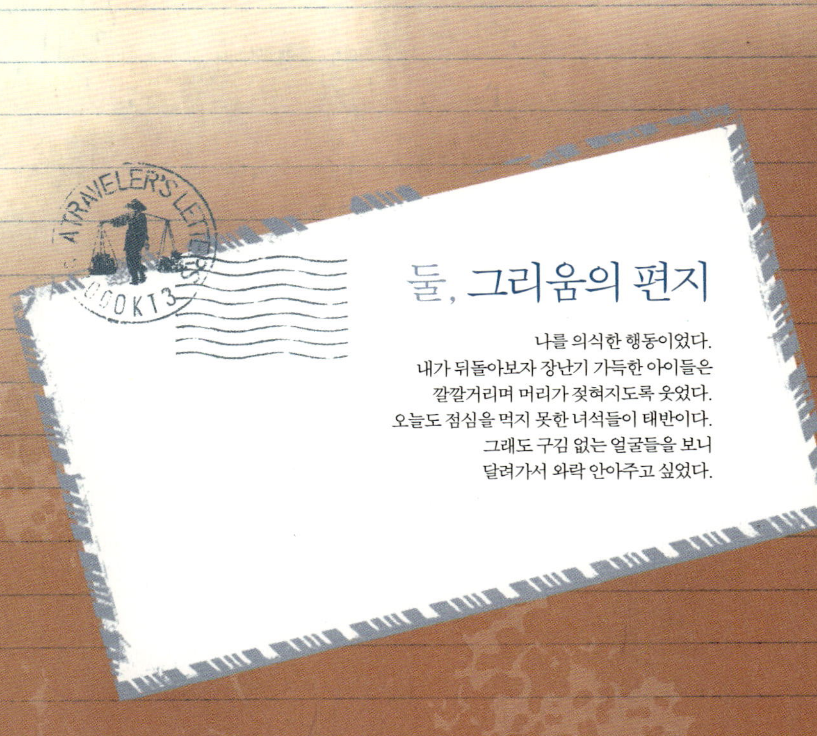

# 둘, 그리움의 편지

나를 의식한 행동이었다.
내가 뒤돌아보자 장난기 가득한 아이들은
깔깔거리며 머리가 젖혀지도록 웃었다.
오늘도 점심을 먹지 못한 녀석들이 태반이다.
그래도 구김 없는 얼굴들을 보니
달려가서 와락 안아주고 싶었다.

# 나를
# 잇은
# 당신에게

오늘 마닌자우 호수에 다녀왔어. 그곳에도 비가 내렸지.
어김없는 시간, 오후 3시. 가는 길은 힘들지 않았지만
그놈의 멀미가 문제였어. 이 험난한 수마트라에 도착한
이후 멀미는 이제 만성이 되어버린 모양이야. 아주 짧은
시간의 버스 여행은 물론이고 심지어는 차를 탄다는
생각만 해도 속이 울렁거리고 소화불량 증세까지
나타나거든. 어떡하면 좋을까. 혹시 나를 도와줄 수
있겠어? 힘든 일이겠지.
버스가 산을 넘을 때 자잘한 계단식 논을 보았어.
삼모작이 가능한 나라이기 때문인지 어떤 논에서는
모내기가 한창이고 어떤 논에서는 누렇게 익은 벼가
풍성하게 고개를 숙였더군. 우리의 버스는 거기서 고장이
났지. 운전기사가 버스 밑바닥을 몇 번 들락거리고
수리가 된 것을 보면 큰 고장은 아니었나봐. 하지만 낡은
버스는 시동을 걸 수가 없었어. 남자 승객들이 모두
내려서 버스를 밀어야 했지만 그곳은 오르막이었거든.

버스는 기어를 풀고 언덕을 후진으로 내려가면서 시동을
걸었지. 차량이 뒤로 가면서도 시동이 걸릴 수 있다는
사실을 처음 알았어. 버스를 고쳤던 기사에게 나의
마음도 고쳐달라고 떼를 쓰고 싶었어. 난 아파. 아주
많이 병들었거든.
무사히 산을 넘은 버스는 호수가 보이는 마을 광장에
나를 내려주고는 뿌연 흙먼지 날리며 다음 마을로
떠났지. 나는 낡은 민가를 지나 호수로 걸어갔어.
호숫가에 그물을 치고 있는 어부가 있더군. 수면을 향해
엎드린 야자수에 걸터앉아 그의 손놀림을 유심히
지켜보았지. 호수가 어찌나 적막하던지 그 어부가 호수의
유일한 주인 같았어.
그리고 멀리서 소나기가 밀려오는 것을 보았어. 그리움에
검게 멍든 구름 한 덩이와 거대한 물기둥. 그 주변
허공으로 물보라가 퍼지고 내 가슴은 울먹이던 나를
바라보던 너의 눈동자로 물들고. 나는 낮게 이렇게
뱉어냈지. 유치한 사랑.
소나기는 그렇게 호수를 가로질러 천천히 내게로 오고
있었던 거야. 정말 검더군. 나는 호수에 내리는 소나기를
보기 위해 꼬불꼬불한 산길로 올라갔어. 그곳에서 나를

노려보던 원숭이를 만났지. 수마트라에 와서 처음 보는
야생 원숭이. 찬찬히 살펴보니 원숭이는 한 마리가
아니라 수십 마리더군. 원숭이들은 적당한 거리를 두고
나를 경계하고 있었지만 순간 모두들 나를 향해 달려들
것 같은 두려움도 있었어. 우두머리 원숭이가 던진 돌에
내가 머리를 맞고 쓰러지면 일제히 나를 향해 달려들어
나를 물어뜯을지도 모른다는 두려움. 나를 구했던 건
소나기였는지도 몰라. 호수를 다 건너온 소나기가 내게
내리기 시작했거든. 원숭이들은 사라졌지.
하지만 나는 그 거친 소나기를 그대로 맞아야 했어. 아주
오래도록. 나는 배낭만을 가슴에 움켜쥐고 허리를
굽혔지. 바나나나무라도 보였다면 잎을 꺾어 우산처럼
쓰고 싶었지만 운이 없었나봐.
내가 이렇게 비를 맞아도 너는 아무렇지도 않겠지.
왜 오후 3시만 되면 소나기가 내리는 것일까. 정글에
내리는 소나기에 나는 이제 지쳤어. 그래서 떠나기로
했어. 소나기를 피해 떠날 거야, 떠날 거야, 떠날 거야.
내가 정글을 떠나는 날 너의 곁도 떠나게 되기를 바랄게.
그렇게만 된다면 그것은 아픔이 아니라 내겐 가장 큰
축복이야. 우리가 어쩌다 이렇게 되었을까. 너를 잊는

것이 가장 큰 축복이 되다니. 사랑은 정말 잔인하구나.
나 없이도 네가 행복할 수 있다면……. 너, 부디 행복해.
내가 너를 잊을게.
이젠 안녕.

인도네시아 수마트라에서

도시와 사람들을 삼켜버린 새벽안개. 어제처럼 오늘 아침도 도시는 안개에 갇혀 있었다. 전날 밤 일부러 늦게 잠자리에 들었다. 저녁이면 특별히 할 일이 없는 도시라 며칠 동안 일찍 잠자리에 들었던 것까지는 좋았지만 역시 할 일이 없는 이른 새벽에 깨어나는 것은 곤혹스런 일이었다. 물론 하루 이틀은 좋았다. 몸도 가볍고 상쾌했기 때문이다. 그러나 곧 새벽 불면증 환자가 되고 말았고 이 상황에서 벗어나기 위해 애써 늦게 잠자리에 드는 일까지 벌어지고 말았다. 그런 노력에 비하면 7시 기상은 여전히 이른 시간이었다.

한 무리의 학승學僧들이 어디론가 총총히 사라지고 잠에서 깬 사람들은 그 안갯속을 분주히 오갔다. 나는 세수도 않은 채 웃옷을 걸치고 밖으로 나갔다. 그리고 망설였다. 어디로 가야 하는지. 결국 찾아간 곳은 새벽시장. 시장에서 과일 파는 여인과 승강이가 벌어졌다. 눈금이 조금 넘었다며 1킬로그램에 5천 킵 하는 사과를 한사코 6천 킵을 받겠다는 여인의 고집을 외면하고 시장을 나왔다. 너무 쩨쩨한 여행자로 보이는 것이 싫어서 웬만하면 구입하려고 했는데 야박한 여인의 인심은 불쾌하다 못해 괘씸하기까지 했다. 덤으로 주어도 그 정도 눈금보다는 더 넘을 것이다. 시장 입구에 앉아 있는 다른 여인에게 5천 킵을 주고 사과를 샀다. 숙소로 돌아오기 전, 노점에서 바게트도 샀다. 프랑스 식민지의 잔재. 채 썬 햄과 어묵 위에 오이가 곁들여진 바게트. 여인은 고춧가루 범벅의 다진 양념을 들어 보였지만 나는 고개를 저었다. 일전에 흑설탕인 줄 알고 OK했다가 먹지 못하고 버린 적이 있었기 때문이다.

숙소 입구 탁자에 앉았다. 바게트를 꺼내고 있는데 숙소 직원이 탁자를 깨끗하게 닦아주었다. 고마운 친절이었다. 새벽부터 정신 없이 울어대던 수탉은 이제야 입을 다문 채 이곳저곳을 오가며 모이를 쪼고 있고 나도 그 옆에 걸터앉아 사과 하나와 바게트로 아침을 해결했다.

다시 거리로 나섰다. 그리고 또 잠시…… 망설이다가 사원으로 갔다. 식사를 마친 학승들과 짧은 머리가 하얗게 센 노승은 마당에 지펴진 모닥불 주위에 둘러앉았고, 그들의 장삼은 푸른 아침빛을 받아 유난히 붉어 보였다. 뒤늦게 모닥불가로 온 어린 학승은 휴대용 전자 오락기로 '블록쌓기'를 하고 있었다. 오락에 몰두하는 학승과 그 모습을 호기심 어린 눈빛으로 어깨 너머에서 바라보는 친구의 모습을 보면서 나이는 속일 수 없다는 사실을 알았다.

나는 그들이 내준 자리에 앉아 모닥불의 온기를 손바닥으로 받아들였다. 잠시 후 옆에 앉아서 부지깽이로 마른 나뭇가지들을 들쑤시던 학승이 일어서자 다른 학승들도 자리를 털었다. 그들도 학교에 가야 할 시간이다. 어깨에 붉은 보따리 가방을 둘러맨 그들이 사원을 떠날 때 나도 노승과 인사를 하고 자리에서 일어섰다.

숙소로 돌아오는 길, 손에 든 주먹밥을 뜯어먹으며 등교하는 아이를 보았다. 아이가 입은 운동복 등에는 '왕호 체육관 태권도'라고 적혀 있었다. 작은 체구의 녀석에게 너무 헐렁한 옷이었다. 서울의 집 앞 골목에 세워진 헌옷수거함이 떠올랐다. 헌옷수거함에 버려진 옷들이 이렇게 멀리까지 날아올 수도 있다는 사실을 확인하는 일은 조금 묘했다.

여전히 저만치 안개의 끝자락이 보이는 아침이다. 안개는 아직도 그 끝에서 사람들을 삼켜버리고 있었다. 기껏해야 200평도 되지 않을 것 같은 초등학교 운동장에서 이제 막 조회가 시작되었다. 울퉁불퉁 돌뿌리가 산재한 운동장에 모인 아이들은 어림잡아 60여 명. 가정집 마당

같은 운동장은 아이들만으로도 이미 만원이었다. 지각한 아이들은 눈치도 없이 교문 밖에서 재잘재잘 수다에 열중이다. 사내아이 하나가 국기를 게양하기 시작했고 아이들은 반주도 없이 선생님의 지휘에 따라 라오스 국가를 합창했다. 어느새 지각생이 몰린 담 밖 아이들은 운동장의 아이들과 수가 엇비슷해졌다. 나는 안갯속으로 걸어갔으며 아이들의 합창소리는 안갯속에 파묻혀 서서히 멀어졌다. 안개가 사람뿐 아니라 소리도 삼킨 모양이었다.

나는 그 안갯속에서 생각했다. 도대체 우리들은 무슨 인연으로 연결되어 있는 것일까. 에누리도 없고 융통성도 없었던 여인은 무엇이고 냉정히 돌아선 나는 또 무엇이란 말인가. 불법을 깨치기 위해 절에 들어왔으면서도 세속의 장난감에 불과한 블록쌓기에 여념이 없던 학승은 무슨 심사이며 모닥불 주변에 홀로 남은 노승은 오늘 또 어떤 깨달음을 꿈꾸고 있을까. 왕호 체육관은 어디에 있는 것이고 그 운동복을 입었던 아이는 라오스 산골에서 지금 그 옷을 입고 있는 아이와 무슨 인연이 있는 것일까. 서울에서 아침 7시에 나는 무엇을 했던가. 라오스에 와 있는 지금 이 순간, 여전히 서울은 존재하는 것일까. 나로서는 알 수 없는 일. 나는 곧 루앙프라방을 떠날 것이다.

라오스 루앙프라방에서

　학교는 다듬어지지 않은 널빤지로 허술하게 지어져 있었다. 단 한 개의 단층 건물로 이루어진 교사校舍에 비해서 운동장은 상당히 넓었다. 어쩌면 그것을 운동장이라 이름하는 것은 어울리지 않는 일인지도 모른다. 중심을 약간 벗어난 곳에 기둥처럼 버티고 서 있는 키 큰 나무 한 그루와 어디서부터 어디까지가 운동장인지 정확하게 구분할 수 없는 넓은 땅이 있었을 뿐이다.

　유독 나의 눈에 띄었던 것은 수업의 시작과 끝을 알릴 때 울리는 종이었다. 타이어가 제거된 대형 트럭의 바퀴. 방송시설이 없는 시골 학교의 타종 방법이었다. 무심하게 매달려 있는 앙상하면서도 육중한 이미지의 바퀴는 주변을 맴도는 아이들과 어울려 묘한 분위기를 연출하고 있었다.

때마침 점심시간이었다. 그러나 그들에게 도시락은 존재하지 않았다. 어깨에 가방을 둘러메고 등교했던 길을 되돌아가 집에서 밥을 먹고 돌아와야 했다. 하지만 그것도 모든 아이에게 해당하는 것은 아니었다. 그럴 수 있다면 다행한 일이지만 그마저 여건이 허락되지 않는 상당수의 아이들은 친구들과 건물 한쪽에 모여서 점심시간을 하릴없이 빈둥거리며 보냈다.

초등학교 6학년 때였다. 계절은 기억나지 않는다. 단지 겨울이 아니었다는 것만 확신할 수 있다. 수업시간에 나는 짝의 도시락 반찬이 궁금해졌다. 장난기가 발동한 것이다. 수업에 집중한 친구 몰래 친구의 책상 밑으로 손을 넣어 도시락을 살금살금 앞으로 꺼내었다. 나의 행동이 워낙 기민했는지 아니면 친구가 둔했는지는 모르겠지만 서랍 입구까지 꺼내는 데 성공할 수 있었다. 이제 뚜껑만 열어보면 도시락 한쪽에 자리한 반찬의 종류를 확인할 수 있는 상황이었다. 태연한 척 칠판을 보면서 한쪽 손으로 조심스럽게 뚜껑을 열려는 순간 일이 저질러지고 말았다. 도시락이 교실 바닥으로 떨어지면서 밥이 엎어지고 만 것이다.

"선생님, 얘가 친구 도시락 바닥에 엎었어요!"

친절하게도 누군가 그렇게 외쳤다. 삽시간에 나에게 시선이 집중되었고 나는 고개를 숙였다.

"네 도시락을 짝에게 줘!"

나는 선생님의 지시대로 내 도시락을 짝에게 주었고 수업받는 아이들 틈에서 무릎을 꿇고 바닥을 청소했다. 그날 점심시간 실제로 내 도시락은 친구가 먹었으며 난 굶어야만 했다. 지금 내가 기억하는 것은 짝꿍의 도시락 반찬이 아니다. 냉랭했던 선생님의 시선과 심한 굴욕감뿐이다. 차라리 나를 혼내신 후 나의 도시락을 함께 나누어 먹으라고 하셨다면 얼마나 좋았을까 하는 아쉬움. 아니면 나를 불러 머리를 쓰다듬으며 타이르시고는 당신의 도시락을 내 짝에게 주었다면 나는 또 얼마나 감동받았을까. 차라리 그랬다면 나는 잘못을 더 깊게 뉘우치고 다시는 그러지 않으리라는 다짐과 함께 선생님에 대한 깊은 존경심도 생기지 않았을까.

친구의 도시락을 엎은 사건은 그것으로 끝이 아니었다. 나는 수업이 끝나고 짝의 집까지 끌려가야만 했다. 친구의 도시락에 포크가 없었기 때문이다. 친구는 도시락이 바닥에 떨어지면서 포크가 어디론가 분실된 것이라고 주장했고 나는 교실 바닥을 아무리 뒤져도 찾을 수 없었던 것을 보면 어머님이 잊고 챙겨주지 않았을 것이라고 설명했다. 청소가 끝난 후에도 온 교실 바닥을 뒤져보았지만 결국 포크는 찾지 못했다.

지금 생각하면 단순하고도 어이없는 행동이었다. 굳이 집까지 끌려가지 않아도 친구의 포크가 나의 실수로 분실된 것이 확인된다면 다음 날이라도 사주면 되는 일이었다. 그러나 애초에 선생님이 만들어놓으신 중죄인의 분위기 때문에 친구 집까지 따라가지 않는 것 자체가 도망치는 죄인 취급을 받았고 주변 친구들 역시 나에게 따라갈 것을 종용했다. 하지만 수치심과 함께 불안감도 있었던 것이 사실이다. 그깟 포크가 얼마나 하겠느냐마는 어린 마음에 정말 포크가 나의 실수로 분실된 것이라면 무슨 핑계로 부모님께 돈을 달라고 해야 할지 걱정이 앞섰던 것이다. 결국 친구 집까지 끌려가서 그의 어머님이 실수로 포크를 챙겨

주지 않았다는 사실을 확인하고서야 나는 집으로 돌아갈 수 있었다. 분하기도 했지만 한편 나의 실수로 포크가 분실된 것이 아니란 사실만으로도 얼마나 다행이었는지 모른다.

점심을 먹으러 집으로 갔던 아이들이 하나 둘 되돌아오기 시작했다. 내 주변에는 어느새 아이들로 가득했다. 그러나 카메라만 들면 바람에 쓸리는 콩알들처럼 쫙 퍼져나갔다. 그러다 카메라를 내리면 벌떼들처럼 다시 모여드는 아이들. 아이들은 나와 게임이라도 즐기는 것 같았다.

나도 배가 고팠다. 아이들에게 안녕을 고하고 학교를 걸어나왔다. 외롭게 버티고 선 키 큰 나무 옆을 지나 운동장을 가로지를 때 등 뒤에서 종소리가 들렸다.

떵~ 떵~ 떵~

아직 수업시간은 되지 않았지만 장난기 많은 녀석이 바퀴와 함께 걸려 있던 초대형 볼트로 종을 치고 있었던 것이다. 나를 의식한 행동이었다. 내가 뒤돌아보자 장난기 가득한 아이들은 깔깔거리며 머리가 젖혀지도록 웃었다. 오늘도 점심을 먹지 못한 녀석들이 태반이다. 그래도 구김 없는 얼굴들을 보니 달려가서 와락 안아주고 싶었다.

라오스 방비엥에서

소망은
기다림

　　서울역에 도착했을 때는 이미 마지막 전철 시간에 임박해 있었다. 나는 택시비와 전철요금을 저울질해보고는 뛰지 말고 걷자, 그렇게 생각했다. 걸어서 도착한 전철역에서 마지막 전철을 탈 수 있으면 다행이요 그렇지 못할 때는 택시를 타자고 마음먹었다. 그달 그달 들어오는 원고료로 일당직 노동자처럼 살아가는 처지에 택시는 너무 과한 사치였다.

때문에 취재를 위해 떠났던 기차여행이 조금 피곤했지만 택시를 타기 위해서 전철이 끊겼다는 핑계가 필요했던 것이다. 퍼뜩 그런 생각이 들자 자신이 한심하기도 했고 좀스럽게 느껴져서 스스로에게 짜증이 나기도 했다. 택시를 타기 위해 나는 왜 그런 핑계까지 필요한 것일까. 그깟 택시비 몇 푼이나 한다고. 속된 말로 있어도 죽고 없어도 죽는 돈이다. 돈은 다음에 아끼고 택시를 타자. 피곤한 몸, 그것만으로도 핑계는 충분해.

택시는 집 앞 골목 입구에서 멈추었다. 어둠에 침식당한 방문을 열고 허공을 휘저었다. 빈 공간을 더듬더듬, 인형이 손에 잡혔다. 형광등 스위치와 연결된 실에 매달아놓은 인형이다. 이 인형은 어둠 속에서 불을 켤 때 매우 유용했다. 형광등으로 방을 밝힌 후 컴퓨터 부팅 스위치부터 발로 꾹 누르고는 겉옷을 벗었다. 순간 소매 안쪽에서 붉은 실이 빠져나와 방바닥에 가볍게 내려앉았다. 그와 동시에 너무 오래도록 내 편에 서주었던 친구가 훌쩍 떠나버린 듯한 박탈감을 느꼈다. 내 손목에 채워진 이후 단 일순간도 풀지 않았던 붉은 실. 이제 마모된 부분이 끊겨 내게서 그렇게 떠난 것이다. 잠시 세월을 가늠해보았다. 그렇게 1년이 흘렀군.

내가 그 작은 사원을 발견한 것은 그들의 자전거가 다시는 부서지지 않기를 빌어주며 헤어지고 난 다음이었다. 영국에서 온 그들은 태국 치앙콩에서 국경을 넘어 루앙프라방까지 이동했던 1박2일의 뱃길에서 만났던 여행자들이었다. 강으로 이어지는 골목에서 우연히 그들을 다시 만났다. 그들은 루앙프라방에서 방비엥까지 4일이 걸렸다고 했다. 차들도 힘들어 헉헉거리는 그 험한 산악지대를 자전거로 넘는다는 것

이 쉬운 일은 아니었지만 '키시'에서 바라보았던 아름다운 전경은 결
코 잊을 수 없다고 자랑했다. 방비엥에서 자전거 한 대의 휠이 부서졌
고 별수 없이 자전거를 버스에 싣고 이곳 비엔티안까지 왔으나 수도인
이 도시에서도 자전거를 고칠 수 없었다고 했다. 결국 어쩔 수 없이 다
음날 태국의 국경도시 농카이로 건너갈 예정이라고 했다. 때문에 그들
은 라오스 남부 여행계획을 취소하고 롭부리를 거쳐 말레이시아까지
내려가는 새로운 대장정의 계획을 세웠노라며 들떠 있었다.

　나는 그들과 헤어지고 강을 향한 골목의 남은 길을 걷고 있었다. 비
엔티안은 한 건물 건너 하나가 사원이라 해도 과언이 아닐 정도로 사원
이 넘쳐났다. 물론 몇 곳을 제외하고는 대부분의 사원들이 예술적 가치
는 물론 역사적 가치도 거의 없는 근래에 세워진 시멘트 사원들이었다.
그럼에도 불구하고 내가 왜 그곳에 들어섰는지에 대한 이유
는 정확하지 않다. 그것은 어쩌면 아무 이유 없는 우연이
었을지도 모르지만 내 자신도 어쩔 수 없었던 숙명 같은
것이었는지도 모른다.

　사원은 조용했다. 마당 한쪽에 돗자리를 깔고 앉
아 무언가를 만드는 일에 열중하고 있는 한 명의 학
승 이외에는 인기척도 없었다. 나는 그에게 눈인사를
건네고는 돗자리에 마주앉았다. 그는 여러 가
닥의 얇은 실을 엮어서 실팔찌를 짜고 있었다.
그가 걸친 장삼과도 같은 선명하고도 붉은색.
그의 손놀림은 익숙했고 제법 능숙했다. 이
따금씩 나를 바라보는 그의 얼굴에 힐끗힐끗

미소가 보이는 것을 보면 마주앉은 나를 크게 개의치 않는 눈치였다.

어디선가 들은 이야기가 생각났다. 흰 실은 건강과 장수를 기원하며 붉은 실은 부와 사업의 번창을 기원한다고. 붉은 실이든 하얀 실이든, 건강과 장수를 기원하든 부와 번창을 기원하든 모든 것은 사람들의 간절한 바람들이 아니던가. 그렇다면 그는 실을 엮고 있는 것이 아니라 소망을 엮고 있는지도 모른다는 생각이 들었다. 이미 한쪽에는 그가 완성한 붉은 실팔찌 한 움큼이 소담하게 쌓여 있었다. 누군가의 바람이 되고 소망이 될 팔찌들.

나는 강으로 가고 있었다는 사실을 잠시 잊고 있었다. 내가 자리를 털고 일어서려 할 때 그가 이제 막 완성한 실팔찌 하나를 내밀었다. 나의 몸이 잠시 경직되었지만 그 순간 나는 팔찌에 담긴 의미부터 생각했

다. 물질의 풍요를 기원하는 붉은 팔찌. 학승은 내가 내민 손목에 정성스럽게 붉은 실을 묶어주었다.

나는 강으로 갔다. 강은 많이 말라 있었고 강가의 노상들이 야시장처럼 불을 밝히기 시작했다. 그러나 멋도 없고 낭만도 없어 보였다. 강 건너 태국 강변도 초라하기는 마찬가지였다. 나는 바람도 없고 손님도 없는 강에 앉아 이제 막 시작된 소망을 생각했다. 그리고 나는 또 어디에서 그런 이야기를 들은 것일까. 소망이 이루어지려면 팔찌가 스스로 끊어질 때까지 기다려야 한다고.

귀한 물건이라도 되는 듯 방바닥에 내려앉은 실팔찌를 주웠다. 그리고 이런 생각을 했다. 1년 동안 기원되었으니 이제 택시비 정도는 고민하지 않아도 되겠지. 안녕, 궁색한 내 인생아.

라오스 비엔티안에서

삐딱한
청춘들

하루 종일 호이안을 산책했다. 며칠을 머물면서 이미 스쳐지나간 곳들이었지만 오늘은 좀더 멀리까지 다녀왔다. 걷다가 지치면 허름한 찻집에서 연유가 듬뿍 들어간 베트남 커피를 마시며 지친 다리를 달랬고 배가 고프면 노점에서 질긴 바게트를 사먹었다. 그렇게 하루를 헤매다 돌아와서 내가 선 곳은 시장이었다. 파란색 무늬로 장식된 그릇들과 흙이 그대로 묻은 채 다듬어지지 않은 야채들. 나는 좀더 안쪽으로 들어가서 백김치를 닮은 반찬과 생새우를 각각 500그램씩 샀다.

대책도 없이 장을 보기는 했지만 비닐봉지를 들고 숙소로 돌아오면서 어떻게 요리를 해먹을지 고민하지 않을 수 없었다. 백김치야 그렇다고 치고 새우가 문제였다. 하지만 숙소에 도착했을 때 같은 방을 쓰고 있는 일본인 친구들이 모든 고민을 해결해주었다. 히로와 마사키는 숙소 주인에게 프라이팬을 빌렸고 나는 숙소 구석구석을 뒤지면서 신문이라는 신문은 모두 모았다. 그리고 우리는 어두워진 강가로 나갔다. 운이 좋게도 낮에 누군가 작업을 하고 치우지 않은 톱밥을 발견했다. 남들의 시선이 닿지 않는 구석에 자리를 잡고 신문지에 톱밥을 담아 불을 지폈다. 하지만 남들의 시선을 피하다보니 가로등 조명까지도 닿지 않는 곳이었다.

톱밥은 쉽게 불이 붙지 않았다. 우리는 머리에서 현기증이 느껴질 정도로 연신 입으로 바람을 불어넣었다. 잘 보이지는 않았지만 그래도 어느새 프라이팬에서는 자글자글 소리가 들리기 시작했다. 받침대로 쓸 만한 돌도 찾지 못했기 때문에 우리는 돌아가며 프라이팬을 들고 있어야 했으며 밑에서 올라오는 열기 때문에 신문지로 손을 감싸야 했다. 어두워서 새우가 어느 정도 익었는지 확인할 길이 없었는데 뒤늦게 마사키가 자신의 주머니 속에 손전등이 있음을 발견했다. 멀쩡한 손전등을 두고도 우리들을 고생시킨 마사키가 모두의 야유를 받으며 불을 밝혔을 때 우리는 당황하고 말았다. 날린 재가 프라이팬을 덮어서 새우가 온통 검은색이었기 때문이다. 우리는 다시 손전등으로 서로의 얼굴을 비춰보고는 모두 자지러지고 말았다. 방금 굴뚝 청소를 마치고 나온 사람들처럼 얼굴에 검은 칠이 난무했기 때문이다. 그 모습은 마치 작전을 위해 얼굴을 위장한 군인과도 같았다.

프라이팬을 바닥에 내려놓고는 우리는 낄낄낄 웃어가면서 새우를 까먹었다. 그리고 누군가 맥주를 사기 위해 가게로 달려갔지만 구멍가게에는 찬 맥주가 없었다. 잠시의 논의 끝에 우리는 남은 새우를 들고 베트남 생맥주인 '비아호이'를 마시기 위해 마을의 반대편 끝까지 걸어갔다. 그곳에 우리가 몇 번 들렀던 생맥줏집이 있었기 때문이다. 생맥주를 몇 잔씩 마셔도 충분할 정도로 새우의 양은 제법 많았다.

히로와 마사키를 처음 만난 곳은 하노이였다. 일정과 코스가 비슷해 서로 약속은 하지 않았지만 이후 가는 도시마다 다시 만났다. 내가 호이안에 도착한 날도 숙소를 구하기 위해 몇몇 숙박업소를 돌아보고 있을 때 '헤이! 박상' 하고 누군가 뒤에서 나를 불렀다. 호이안에 며칠 먼저 도착한 히로가 자전거를 타고 지나다가 나를 발견했던 것이다. 나는 히로를 따라 그가 머무는 숙소에 묵기로 했고 그곳에는 마사키도 와 있었다.

우리는 누군가 맛있는 식당을 발견하면 다음날은 모두 그곳으로 몰려가서 저녁을 먹었고 해가 지면 온통 중국풍 전등으로 장식된 카페에서 맥주나 차를 마시기도 했다. 언젠가는 몇몇 여행자들과 합세해서 자전거를 타고 20분쯤 떨어진 바닷가에 놀러가기도 했다. 그때 나와 한국인 여행자 몇은 마사키의 별명을 '나서기'라고 붙여주었다. 낙천적이면서도 말도 많고 뭐든 앞장서서 일을 만들기 좋아하는 마사키에게 잘 어울리는 별명이었지만 마사키가 그 뜻을 물었을 때는 '리더십이 강한 사람' 정도로만 설명해주었다. 일본인보다 한국인을 더 좋아했던 마사키는 정서도 한국인과 흡사했고 이후 자신의 이름을 버리고 늘 자신을 나서기라고 소개하며 다녔다.

나서기와의 인연은 꽤 질겼다. 베트남 여행을 마칠 때까지 모든 도시에서 그를 다시 만날 수 있었다. 그가 여행을 마치고 일본으로 돌아갈 때도 한국에 들러서 먼저 귀국한 나를 찾았다. 그때 나서기는 호이안의 바닷가에서 찍은 사진을 내게 주었다. 찍어줄 사람이 없어 배낭에 올려놓고 셀프타이머로 찍었던 단체사진이었다. 사진은 우리들의 청춘처럼 삐딱했다. 나는 내가 받은 그 어떤 사진보다 삐딱한 그 사진이 마음에 들었다. 반듯한 사진이 널려 있는 세상에서 삐딱한 사진이 더욱 귀하게 느껴졌기 때문이다.

인사동에서 만난 우리들은 강남까지 진출하며 술을 마셨고 그날 나는 고장난 술집 강화유리문과 함께 넘어지면서 손가락 두 개를 크게 다쳤다. 술집 주인은 술 취한 우리들이 발로 문을 걷어찼을 것이라고 주장했고, 고장난 유리문이 힘없이 넘어졌다는 우리의 항변은 술이 취했다는 이유 때문에 유리하게 인정될 수 있는 것만도 아니었다. 한 마디로 소송으로까지 번질 수 있는 사고였다. 그 상황에서 나서기는 일본으로의 귀국을 연기하면서까지 나의 증인으로 남겠다고 했다. 일행의 증언이 어느 정도 인정될지는 알 수 없었으나 목격자가 한 명도 없는 상

태에서 최소한 그의 증언만이라도 확보해두어야 할 상황이었다. 다행히 소송까지 가지는 않았지만 합의가 늦어졌다. 그래도 합의 과정에서 증인이 필요한 상황은 아니었기에 나서기는 일본으로 돌아갔다. 하지만 떠나기 전 만약을 대비해서 자신의 증언을 공증까지 받아준 친구였고 일본에서도 필요하면 얼마든지 증인으로서 역할을 다하겠다며 친절한 다짐을 몇 번이고 남기고 떠났다.

그리고 1년이 지났을 때 불현듯 나서기에게 전화가 걸려왔다. 1년 전 그는 일본으로 돌아갔다가 곧바로 다시 여행을 떠났고 무려 1년의 여행을 마치고 다시 귀국하는 길에 또 한국을 찾은 것이다. 그리고 이제는 떠돌이 생활을 접고 자신의 직업이었던 바텐더로 돌아가 열심히 일하겠다는 다짐과 함께 그의 고향인 삿포로로 다시 돌아갔다.

한국과 일본의 역사에 대해서 잘 알고 있었던 나서기는 일본 정치인들의 망언에 대해서 늘 미안하게 생각하고 있었고 자신이 할 수 있는 일이 미안하다는 사과밖에 없다는 것 때문에 더욱 안타까워했다. 식사 후 계산기를 동원해서 10원까지도 분배하는 다른 일본인과 달리 나서기는 종종 '한턱 쏘기'를 좋아했다. 물론 나서기라는 별명이 말해 주듯 그의 행동이 가끔은 돌발성이 강했지만 늘 주변 사람들을 유쾌하게 해주었다. 그런 나서기에 대해서 다른 일본인 친구들은 창피해하는 분위기였다. 그가 없을 때, 원래 일본인은 저렇지 않다며 마사키가 특별한 성격의 소유자이니 일본인에 대한 선입견을 갖지 말아달라는 부탁까지 했다.

호이안의 바닷가에서 찍은 삐딱한 사진은 그 어떤 사진보다 많은 이야기들을 이끌어내는 마력이 있었다. 그래서 그 사진을 보고 있으면 나도 모르게 피식 웃음이 새어나온다. 증권회사에 다니다가 구조조정으로 퇴직한 토시는 복직이 되었는지, 잘생긴 외모 때문에 여자들에게 인기가 많았던 히로는 지금쯤 결혼했는지, 아직도 해석되지 않는 메모를 내 일기장에 남겨준 히데키는 지금도 음식에 대한 욕심이 많은지, 나서기는 삿포로에서 바텐더로 일하며 잘 살고 있는지 문득 궁금해질 때가 있다. 그리고 우리가 자전거를 타고 놀러갔던 호이안의 바닷가는 여전히 안녕한지.

우리가 아무런 약속도 없이 그렇게 자주 만났던 것처럼 약속 없이 살다보면 세상의 어디에서 다시 보게 될지도 모르는 일이다. 그때도 우리는 시장에서 구입한 새우를 강가에 앉아 낡은 프라이팬에 구워먹을 것이고 자전거를 몰고 몇 십 분을 달려서 바닷가에 놀러갈 것이다. 그런 날이 온다면 일하는 것보다 여행을 더 좋아했던, 조금은 무책임했던 우리들의 청춘을 반성하며 또다시 삐딱한 기념사진을 찍었으면 좋겠다. 그리고 바닷가에 놀러갔던 그날처럼 해가 완전히 져버리는 것을 보고난 후에야 자전거를 몰고 천천히 마을로 돌아올 것이다.

하지만 이번에는 반드시 뚜껑 있는 프라이팬을 빌려서 까맣게 재가 덮인 새우가 아닌 붉고도 노랗게 익은 새우를 먹었으면 좋겠다. 나는 이제 잘 구워진 새우의 머리와 등껍질이 얼마나 맛있는지 깨달았으니 재가 덮인 새우는 내게 너무 안타까운 일이기 때문이다. 어쩌면 우리는 그날도 잘 익은 새우를 싸들고 생맥줏집을 찾을지 모른다. 그때, 잘 구워진 새우처럼 삶은 여전히 버릴 것이 없다는 깨달음이 안주로 추가되었으면 좋겠다. 삐딱했던 우리들의 청춘까지도 말이다.

베트남 호이안에서

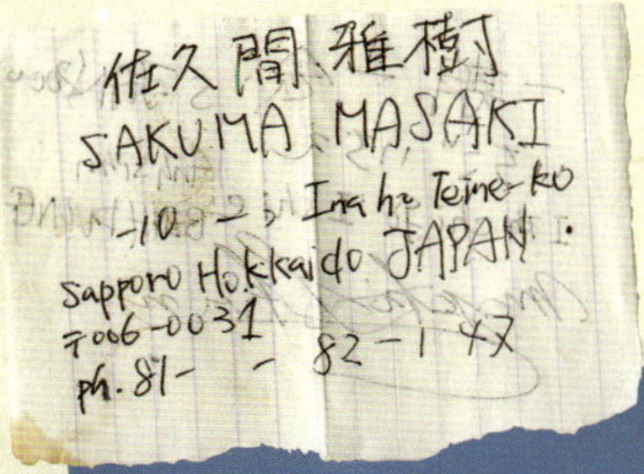

佐久間 雅樹
SAKUMA MASAKI
Sapporo Hokkaido JAPAN
〒006-0031
ph. 81-

나의
여자친구
이야기

　안니 할머니는 오늘도 이른 아침에 일어나 바다에 다녀왔다. 내일 아침에는 나도 함께 갈 수 있도록 깨워달라고 부탁했다. 사실 그녀의 나이가 쉰이란 것을 생각하면 아직 할머니라고 불리기에는 이른 것이 사실이지만 그렇다고 아줌마라고 부르기에도 애매한 나이였다. 그녀를 처음 만난 곳은 아담하면서도 고풍스런 도시 호이안이었다. 그녀는 다섯 개 정도의 침대가 있던 다인실의 유일한 유럽인(프랑스인)이자 여성 숙박자였다. 여행하면서 찍은 사진들을 바로바로 인화하던 그녀는 사진가방이 따로 있을 정도로 많은 사진을 갖고 다녔다. 저녁이면 늘 어디선가 술 한 잔씩 마시고 돌아올 정도로 애주가였으며 사교성이 강한 덕분에 종종 그날 그날 사귄 현지인 집에서 술을 마시기도 했다.

　우리는 호이안을 떠나 나짱으로 올 때도 같은 버스를 탔다. 여행자 전용버스였지만 12시간이 넘게 걸리는 장거리 심야버스였다. 좌석 사이가 비좁아서 덩치 큰 서양 여행자들은 둘이 함께 앉기에 불편했고 맨 뒷좌석에는 여행자들의 배낭이 천장까지 차곡차곡 쌓여서 자리가 모자라는 상황이었다. 혼자 앉아 있는 서양인 옆에 자리를 잡아야 했지만 매우 난처했다. 그때 기사도처럼 나서서 내 자리를 마련해준 사람은 안니 할머니였다. 모두들 2인석을 혼자 차지하기 위해 중간에 애매하게 걸터앉아 있었는데 그녀가 누군가에게 한쪽으로 앉아줄 것을 요구한 것이다. 그때 그녀의 모습은 누군가를 보호하려는 신사나 여걸 혹은 어머니의 모습을 닮아 있었다. 결국 내 옆에 있던 서양인은 나와 둘이 앉아 있느니 차라리 동료와 앉는 것이 편하다고 판단했는지 다른 자리로 옮겼고 덕분에 나는 비좁은 버스에서 2인용 좌석을 혼자 차지하며 비교적 편하게 나짱에 도착할 수 있었다.

　나짱에 도착해서 우리는 같은 숙소, 같은 방에 묵기로 했고 그녀는 피곤함도 모른 채 짐도 풀기 전에 수영복을 챙겨 바다로 갔었다. 바다를 좋아했던 그녀는 하루도 빼놓지 않고 아침마다 바다로 나갔기 때문에 매일 아침 내가 눈을 떴을 때 그녀의 침대는 늘 비어 있었다.

　나짱에 도착한 다음날 아침 해변에 다녀온 그녀는 나에게 메모지 하나를 내밀며 밤새 사전을 찾아가며 적은 것인데 이해할 수 있냐고 물었다. 사실 그녀의 영어는 생존을 위한 최소한의 실력만을 갖고 있었고 더욱이 영어가 아니라 불어라고 느껴질 정도로 완벽한 불어식 발음을 구사하고 있었다. 때문에 대부분의 사람들이 그녀의 영어를 이해하지 못했고 종종 내가 영어를 영어로 통역하는 웃지 못할 해프닝이 벌어지고는 했다.

　메모지에는 엉뚱하게도 나와 환전을 하자는 내용이 적혀 있었다. 경험이 부족한 그녀는 너무 많은 돈을 환전했기에 돈다발이라고 할 만큼의 베트남 지폐를 갖고 있었고 상대적으로 달러는 부족한 상황이었다. 하지만 내가 갖고 있던 달러는 100달러짜리뿐이었고 나도 이미 충분한 베트남 돈을 갖고 있었기 때문에 추가로 환전할 수 있는 돈은 40달러 정도뿐이었다.

　하지만 그녀는 나에게 거슬러줄 잔돈이 없었다. 결국 나와의 환전이 무산되자 그녀는 부담스러울 정도로 많은 베트남 지폐를 나에게 맡기겠다고 했다. 다른 여행자나 호텔도 믿지 못하고 나만 믿을 수 있다는 말이 고맙기는 했지만 나는 정중히 거절했다. 그리고 그녀는 환전 여부를 떠나서 자신의 영어 메모를 누군가 이해할 수 있다는 사실을 너무도 기뻐했다.

ng Rae 2 dong
KANG DONG GU
GU
SEOUL 134-032 KOREA

　다음날 새벽 우리는 전날의 약속대로 함께 바다로 갔다. 낮 시간과는 다르게 아침 바다는 베트남인들 차지였다. 많은 사람들이 백사장에서 조깅을 하거나 미니축구를 하고 있었고 수영을 즐기는 사람도 눈에 띄었다. 우리는 조금 한산한 곳으로 옮겨서 물속으로 뛰어들었다. 제법 높은 너울에 몸을 맡기면 몸이 둥실둥실 떠다니는 자유로움을 느낄 수 있었다. 그녀는 외국인 여행자라고는 한 명도 없는 아침 바다에서 매일 이렇게 바다와 파도를 즐겼던 것이다.

　우리는 방금 떠오른 해가 벌써부터 열기를 더하려고 할 때쯤 바다에서 나왔고 숙소로 돌아가기 전 차를 마시기 위해 카페로 갔다. 그러나 자리에 앉고 나서야 각자의 지갑을 숙소 매트리스 밑에 숨기고 왔다는 것을 깨달았다. 나는 카페에 그녀를 남겨두고 지갑을 가지러 숙소로 달려갔고 그녀는 몇 번이고 자신의 지갑을 가지고 오라고 당부했다.

　나는 주스를, 그녀는 커피를 주문했고 그날 그녀는 자신의 남자친구에 대해서 이야기했다. 현재 그녀의 남자친구는 그녀가 살고 있는 곳에서 700킬로미터나 떨어진 곳에 살고 있으며 자동차로 무려 12시간이나 걸리기 때문에 그를 만나러 갈 때는 늘 기차를 이용한다고 했다. 그녀가 남자친구를 처음 만난 것은 열일곱 살 때였다. 그들이 7년을 사귀었을 때 스키를 좋아했던 남자가 산으로 떠나면서 이별을 했다고 한다. 그들이 다시 만났을 때, 남자는 결혼도 안 한 상태에서 두 명의 자녀가 생겼을 정도로 신기한 재주를 갖고 있었다. 그들의 재결합 이후 남자는 그들 사이에서도 아이를 갖기 원했지만 그녀는 아이만은 거절했다고 했다.

　그녀가 보여준 사진에는 건장한 청년과 믿기 어려울 정도로 아름다운 아가씨가 다정하게 포즈를 취하고 있었다. 그들이 만난 지 4년 정도 되었을 때 찍은 사진이라고 했으니 그녀 나이 꽃다운 스물한 살 때이며 지금으로부터 무려 30여 년 전 모습이었다.

"지금은 대머리 할아버지가 되었어. 그래도 여전히 너무 잘생겼지."

그녀의 말을 듣고 사진을 유심히 살펴보니 남자는 청년시절에 이미 대머리 조짐이 보이고 있었다. 그래도 그녀의 자랑처럼 잘생기고 멋진 청년임에는 틀림없었고 그녀 역시 어디에도 빠지지 않는 미모와 몸매를 갖고 있었다. 하기야 일광욕을 좋아해서 너무 그을리고 탄력이 부족한 것을 빼고 나면 지금도 쉰의 나이 치고는 좋은 몸매를 갖고 있었다.

결혼도 하지 않은 채 평생 한 남자만을 사랑한다는 것도 신기한 일이었지만 그토록 사랑하면서도 결혼하지 않는 이유가 더욱 궁금했다. 그녀는 그 이유에 대해서 헤어질 때 서류와 돈이 필요 없어 자유롭기 때문이라고 했다. 그녀의 사랑은 지고지순할 정도로 동양적이면서도 구속받지 않는 유럽식 사랑의 표본이기도 했다.

그녀는 나짱을 떠나기 위해 짐을 정리할 때 나에게 한 박스의 콘돔을 내밀었다. 그녀의 다음 도시는 호치민이었고 그곳에서 며칠을 보낸 후 프랑스로 귀국할 것이기에 이제 더 이상 그 콘돔이 필요 없다고 했다. 그녀가 건네주는 콘돔을 받아들고 우리는 한참을 웃었다. 쉰의 나이에 아직도 섹스를 염두에 둘 정도로 넘치는 정력을 소유한 안니 할머니.

그녀는 나에게 니스 근교 자신의 집 주소를 적어주었다. 꼭 놀러오라는 당부 앞에서 과연 내가 언제나 유럽을 여행하게 될지 의심스러웠지만 그녀는 나의 이번 여행에서 최고의 친구였기에 한 번쯤 유럽에서의 조우를 꿈꿔보았다. 그리고 30년을 넘게 사랑한 남자와 영원히 행복하

Tourrettes-sur-loup
Côte d'Azur
DONG-SIK PARK
112-13 Sung Rae 2 dong
KANG DONG GU
GU
SEOUL 134-032 KOREA
"Les villages de la côte d'Azur"
TOURRETTES-SUR-LOUP
(06-Alpes Maritimes)
24.07.2000   Hello Park
I come back in France for three days, I am very happy of my trip, this country is wonder full. Now I must be work for next trip. I like travel but I like come back in my village built on a cliff with old stones among trees oliviers and flowers violettes. I haven't seen you a Saigon but I saw 3 Japoneses of Nathrang. I am going for days in Me'Kong. I keep a good souvenir and I kiss you.   Annie

기를 빌었다.

내가 서울로 돌아왔을 때 그녀가 프랑스로 귀국하자마자 보낸 엽서가 이미 두 달 전부터 기다리고 있었다. 알파벳으로 'ol'이라고 적은 것이 'd'라는 것을 이해하는 데는 약간의 시간이 필요했지만 그녀의 안부는 여행을 마치고 서울로 돌아온 나에게 무척 큰 선물이었다. 그녀는 다음 여행을 위해서 일을 할 것이라고 했다.

하루도 빠짐없이 아침에는 바다에, 저녁에는 술에 취했던 여인. 그녀가 아니었으면 나는 나짱의 새벽 바다를 보지 못했을 것이고 변변한 여자친구도 없이 여행을 마쳤을 것이다. 그녀에게 아직 답장도 못했지만 언제든 우리는 깨어나지 않은 새벽 바다에서 다시 만날 것이다. 우리가 다시 만나게 된다면 그때는 새벽 바다에만 데려가지 말고 술바다에도 데려가 달라고 떼를 써야겠다. 그리고 다음날 아침 우리는 어김없이 수영복을 챙겨서 새벽 바다로 달려갈 것이다.

베트남 나짱에서

이 도시에서 그를 다시 만나고 싶었다.
지겹도록 벚꽃을 보았던 어느 봄날,
저녁 밥상을 무르다 말고
스스로 비운 밥그릇이 미치도록 쓸쓸해 보여
슬며시 집 앞 포장마차에서 소주를 마실 수밖에 없었다던 사람.
그것으로도 모자라
딱지도 붙이지 않은 채 골목에 버려진 낡은 가구처럼
도시의 어느 골목을 서성이고 말았다던 사람.

낮은
자들의
도시

　그러나 지천으로 꽃이 널린 이 도시의 꽃시장에서 그를 만날 수는 없었다. 4월 바람에 떨어진 벚꽃잎처럼 자잘한 꽃잎을 쌓아놓은 곳에서도, 잔인하게 분지른 꽃머리를 명주실에 엮어놓은 곳에서도 끝내 그를 만날 수는 없었다. 지겹도록 봄꽃을 보았던 어느 날, 빈 밥그릇이 그토록 쓸쓸했다던 그의 나이 불혹에 이제 내가 도달했지만 그는 이제 만날 수가 없는 사람인 모양이다. 그는 더 늙었겠지.

　사람들은 그 나이가 되어야 깨닫는 진리가 있을지도 모른다. 사지선다형으로 명확하게 집어낼 수 없었던 질문들을 이제야 조금씩 깨닫게 되는 것이 그런 까닭이 아닌가 싶다. 그래서 앞서간 그와 다시 만나게 된다면 삶의 선배에게 두 손으로 술잔을 채워주고 싶은 마음이다.

　이곳은 그 이름도 거룩한 바이샤<sub>카스트의 한 계층</sub>의 후예들이 자신들의 내일보다도 아름다운 꽃을 팔고 있는 도시다. 그가 이 도시를 다녀갔는지는 알 수 없는 일이다. 그러나 그가 술기운에 골목을 서성일 때처럼 나는 오늘 버려진 줄기들로 질퍽해진 시장 골목을 서성이고 있다.

　신발이 초록으로 물들고 발가락이 싸늘해질 때쯤 저만치 앞에서 자전거 뒤 안장에 한 묶음의 꽃을 얹는 사람을 보았다. 그에게 다가가 그의 어깨를 잡기도 전에 그는 바퀴를 퍼렇게 물들이며 자전거를 몰고 사라졌다. 결국 내 마음도 퍼렇게 물들고 말았다.

　그 마음 씻으러 강으로 갔다. 냉철한 금속을 연상시키는 후글리강. 콜카타를 동과 서로 양분하며 흐르는 강에는 목욕을 하기 위해 나온 사람들로 여전히 어수선했다. 기도하고 빨래하고 몸을 씻는 사람들, 그들을 아랑곳하지 않고 엉덩이를 까 내리고 큰일을 보는 사람들까지 이들에게서 강은 힌두교를 버리지 않은 한 분리될 수 없는 공간이다.

　목욕하는 그들과 적당한 거리를 둔 채, 사람들이 지날 때마다 일제히 하늘로 올랐다 다시 내려앉는 비둘기들 사이를 비집고 잠시 계단에 앉았다. 콜카타는 아니지만 아주 오래전 나도 저들처럼 갠지스강에서 천 하나를 허리에 두르고 강에 몸을 담근 적이 있었다. 영겁의 세월을 침묵으로 흘러온 갠지스에 한발 한발 들어선 후 강물이 허리에 차는 곳에 멈추어 숨을 깊이 들이쉬고 물속으로 들어갔다. 그리고 물 밖으로 몸을 내밀면서 비록 이방인이지만 저들의 소망처럼 나의 죄도 씻기길 소망했다. 그러나 오늘 나는 나의 죄보다 나의 멍이 씻기길 소망한다.

　강 하류의 하우라 다리는 차량만큼이나 많은 사람들이 강을 건너기 위해 분주히 오가고 있었다. 그들은 어디로 가는 것일까. 물의 흐름처럼 힘들이지 않고 강을 내려가던 거룻배 하나가 다리 아래를 지날 때쯤 나도 자리에서 일어섰다. 나도 어디든 가야 하니까.

　다음날 아침, 따뜻한 인도식 밀크티 '차이' 한 잔을 마시고 아직 개들도 깨어나지 않은 새벽길을 산책했다. 도시는 스모그가 동반된 안갯속에 싸여 있었고 가로등은 꺼져 있었다. 부지런한 사람들은 이미 공원에 나와 달리기를 하거나 산책을 즐기고 있었다.

　30분이나 걸었던 새벽길을 다시 거슬러와 여행가방을 꾸렸다. 그리고 내가 아직 여행을 모르던 시절, 봄꽃을 지겹도록 보고 돌아온 저녁 밥상에서 자신이 비운 밥그릇이 그토록 쓸쓸했다던 누군가를 다시 한번 생각했다. 그리고 이 도시를 떠나는 오늘 아침, 나 또한 가뿐하게 아침 밥그릇을 비운 후 미치도록 쓸쓸해졌으면 좋겠다고 생각했다.

인도 콜카타에서

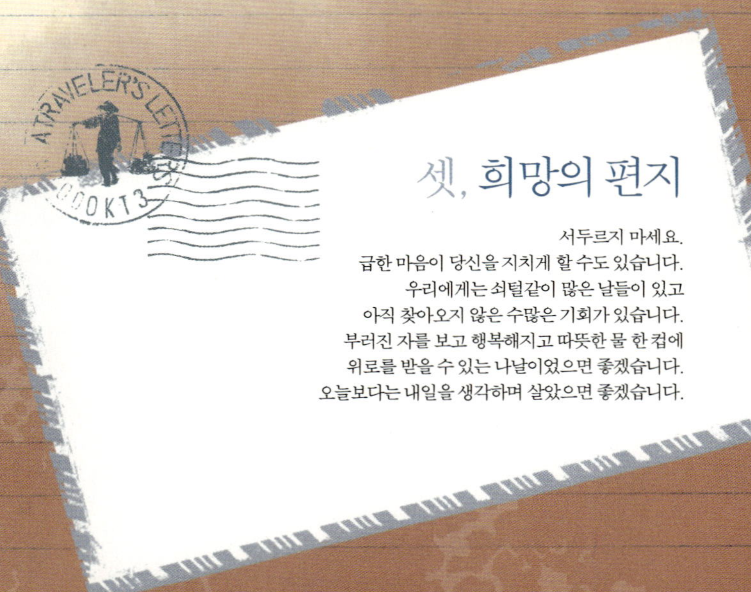


# 셋, 희망의 편지

서두르지 마세요.
급한 마음이 당신을 지치게 할 수도 있습니다.
우리에게는 쇠털같이 많은 날들이 있고
아직 찾아오지 않은 수많은 기회가 있습니다.
부러진 자를 보고 행복해지고 따뜻한 물 한 컵에
위로를 받을 수 있는 나날이었으면 좋겠습니다.
오늘보다는 내일을 생각하며 살았으면 좋겠습니다.

친구는
실패했을 때
더욱
필요한 것

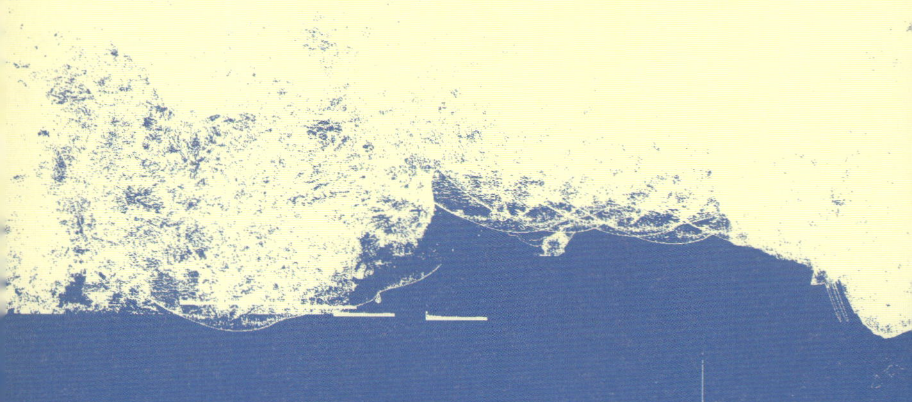

친구는
실패했을 때
더욱
필요한 것

잠을 자려고 침대에 누운 것은 아니었다. 허술하게 만든 나무 침대에 누워 금방이라도 뚝 떨어질 듯, 한 움큼의 먼지를 뒤집어쓰고 멈춰선 천장의 선풍기만을 바라보았다. 침침한 창밖에서는 질주하는 한 무리의 말발굽 소리처럼 비가 내리고 있었다. 수마트라의 우기는 잠시 소나기를 뿌리고 마는 여느 동남아의 스콜과는 달랐다. 인도양에서 형성된 거대한 비구름이 처음 만나는 땅이 바로 이 수마트라섬이기 때문이다. 게릴라성 집중 호우처럼 엄청난 양의 비를 뿌리는 것은 물론이고 횟수도 빈번하고 시간도 매우 길었다. 거대한 비구름들이 수마트라에 대부분의 빗물을 쏟아 붓고 있었고 스콜은 내륙에 도착한 비구름이 나머지 빗물을 짜내는 것에 불과했던 것이다.

어김없이 내리는 비. 그래도 사람들은 하나둘 모여들었다. 부킷딩키에서 차로 20분 거리에 위치한 코투바루라는 이 작은 마을에 사람들이 몰려드는 것은 물소 싸움을 지켜보기 위해서였다. 동물학대에 부정적인 시각을 갖고 있는 여행자들을 위해 '노 블러드No Blood'라는 안내 문구를 붙여놓고, 부킷딩키의 숙소와 식당에서 이 물소 싸움을 구경할 수 있는 왕복 티켓을 팔고 있었다. 그러나 나는 현지 시골버스를 이용했다. 표를 판매하는 식당직원은 일반버스는 일찍 끊어져서 돌아올 수 있는 방법이 없다고 했지만 믿지 않았다. 그런 종류의 거짓말에 나는 이미 익숙해져 있었기 때문이다.

축대 위에 만들어진 경기장은 넓은 잔디밭 공터에 불과했다. 싸움을 기다리는 물소의 콧구멍에서는 뽀얀 콧김이 분무기처럼 거칠게 뿜어져 나왔다가 이내 사라지기를 반복하고 있었고, 등과 이마를 미친 듯이 바닥에 문질러대는 물소의 특성 때문에 주변의 잔디는 이미 진흙밭으로 변해 있었다.

싸움이 시작되기 전 사람들의 손에서는 돈이 오갔다. 나름대로 강하다고 판단되는 놈에게 돈을 거는 것이다. 그들은 정확한 판단을 위해 물소의 눈과 머리와 다리 등 온몸 구석구석을 신중하게 살피고 다녔다.

그러나 경기가 시작되고도 놈들은 쉽게 머리를 들이밀지 않았다. 이리저리 머리를 피했고 그럴 때마다 날카로운 뿔이 부닥치며 둔탁한 소리를 내고 있었다. 대부분의 사람들이 계단에 올라서서 지켜보고 있었지만 호기심 많고 대담한 일부는 물소 주위에서 소리를 지르며 물소를 흥분시켰고 주인은 물소 뒤에서 머리를 들이밀도록 계속해서 자극하고 있었다. 몇 분 동안 지속되었던 물소의 신경전은 배고픈 손님이 느려터진 주방장의 요리를 기다리는 것처럼 조급증을 불러일으켰다.

물소의 숨이 점점 가빠오고 덩달아 구경꾼들의 심장 박동도 빨라져 그 흥분이 정점에 이르던 순간, 쿵 하는 소리와 함께 마주보고 있던 두 놈의 물소가 머리를 부딪쳤다. 이때부터 사람들은 고래고래 소리를 지르기 시작했고, 물소 주위의 구경꾼들은 주위를 살피며 주춤주춤 뒤로 물러섰다.

그토록 머리를 맞대지 않으려 버티던 놈들이었지만 막상 머리를 한번 부딪친 후에는 절대로 물러서지 않았다. 머리가 부딪칠 때마다 울리는 소리와 사방으로 튀는 진흙, 육중한 몸에서 분출되는 엄청난 에너지가 만들어내는 열기는 구경하는 이들의 심장을 터져버리게 할 만큼 대단했다. 놈들의 싸움은 몇 십 분씩 지속되는 것은 아니었다. 당겨진 시위처럼 팽팽한 긴장감이 감돌기를 몇 분. 한 놈이 등을 돌리고 줄행랑을 치면서 승패가 갈렸다.

그러나 사건은 이때부터 시작되었다. 패한 놈이 등을 돌리고 줄행랑을 치자 승리한 놈이 끝까지 쫓아가며 뿔로 공격을 해댔고 그 공격을 피하기 위해 달아나는 놈이 어디로 방향을 틀지 알 수 없는 일이었다. 도망치는 물소는 사람을 공격할 생각은 추호도 없었지만 도망가기에 급급한 나머지 거치적거리는 사람들은 안중에도 없이 들이받았다. 넓은 잔디밭을 이리저리 뛰어다니는 물소에게 받히지 않으려고 사람들은 빗물에 미끄러져 넘어지면서도 물소보다 더욱 팔짝팔짝 뛰어다녔다. 결국 경기장은 순식간에 아수라장이 되었고 멀리서 구경하던 사람들은 웃어대느라 정신이 없었다.

그 상황에서 가장 급한 것은 쫓는 놈을 진정시키는 것이었다. 물소 주인이 쫓는 놈을 최대한 빨리 붙잡아 진정시켜야 했지만 몇 차례의 시도가 모두 실패로 돌아갔고 쫓고 쫓기는 물소와 도망다니는 구경꾼, 물소를 잡으려는 주인들로 경기장은 그야말로 배꼽잡는 형국이 되고 말았다. 이날따라 물소가 쉽게 진정되지 않는 분위기였다. 결국 잔디밭을 몇 바퀴나 뛰어다니며 소란을 피우던 놈이 허술한 입구를 찾아내고는 경기장 밖으로 도망가는 일까지 벌어졌고 물소 주인은 한참이 지난 후에야 동구 밖까지 달아났던 놈을 붙잡아 돌아왔다.

두번째 물소 싸움에서는 한 명이 제대로 받히는 일까지 벌어졌다. 마치 바닥의 물건을 삽으로 퍼 던진 것처럼 공중을 날아서 바닥에 떨어진 그는 다행히도 무사해 보이기는 했지만 몹시 당황하고 놀란 표정이었다.

모든 싸움이 끝난 후 사람들은 썰물처럼 빠져나갔고, 고물에 가까운 차량들은 경적을 울리며 사람들 사이를 헤집고 사라졌다. 순식간에 사라진 인파로 대로변까지 연결된 시골길이 더욱 공허해 보였다. 나는 고운 물방울 입자처럼 차분하게 내리는 비를 맞으며 인파들이 사라진 그 길을 터벅터벅 걸어나왔다.

그리고 저만치 앞서 걷고 있던 물소와 주인. 눈치도 없이 반갑게 인사를 건네고 보니 그 물소는 오늘 경기에서 패한 물소였다. 가까이에서 보니 물소의 다리는 찢어졌고 귀에서는 피가 나고 있었다. 살아 있는 동물이니 어찌 그 상처들이 아프지 않겠는가. 비는 이슬처럼 물소 등에 내리고 골 깊은 주름의 주인은 말이 없었다. 상처투성이의 물소와 물소의 고삐를 움켜진 주인의 야윈 손. 물소가 울부짖듯 괴성과 함께 고개를 흔드는 순간의 물소 눈동자는 사람처럼 슬퍼 보였다. 촉촉하게 젖어 있었던 것이다. 그 순간 나는 아무 의심 없이 물소도 슬픔을 안다고 생각했다. 미안한 마음에 나는 걸음을 늦추었고 그들은 내게서 조금 멀어졌다. 내가 그들에게서 물러난 이유를 구체적으로 알 수는 없었지만, 진지하게 삶을 논하는 어떤 자리에 불쑥 끼어들었다가 뒤늦게 실례를 깨달은 느낌과도 흡사했다. 젖은 시골길을 걸어가는 물소와 물소 주인의 뒷모습은 결론을 향해 줄달음치던 꿈에서 막 깨어났을 때의 몽롱함처럼 나의 머리를 잠시 멍하게 만들었다.

　그들의 뒷모습에서 내가 감지한 느낌은 사랑과 외로움이었다. 어쩌면 애증과 신뢰 같은 것이었는지도 모르겠다. 싸움에 패한 물소를 원망하는 것이 아니라 물소의 몸과 마음에 난 상처를 가슴 아파하며 너무 슬퍼하지 말라고 위로하는 주인과, 주인의 그런 마음을 고마워하며 미안해하는 물소. 그리고 패배를 통해 삶의 외로운 단면을 경험한 공감대. 그들은 서로를 품에 안고 '그래, 좋은 일에 너무 기뻐할 필요 없듯이 패배를 너무 슬퍼하지 말자'라며 서로를 위로하는 것처럼 보였다. 눈을 크게 뜨고 있었으나 왠지 아래로 향했던 물소의 눈동자가 그랬고, 고삐를 움켜쥐고 젖은 아스팔트만을 바라보며 걷던 주인의 모습이 그랬다. 성공했을 때 형성되는 공감대보다 실패했을 때 느껴지는 공감대가 큰 것처럼 그들은 어쩌면 이 일을 계기로 서로에 대한 믿음이 더욱 강해질지도 모를 일이다. 성공했을 때보다는 실패했을 때 누군가 더욱 절실한 법이니까.

인도네시아 부킷딩키에서

# 단단한 꿈

루앙프라방으로 가는 뱃길은 유리창에 흐르는 빗물을 주시하면서 엠마 샤플린의 노래를 들을 때처럼 고독했다. 배는 어제 하루 종일 달린 것도 모자라 오늘도 부지런히 달려야 오후 늦게 루앙프라방에 도착한다. 밤새 하룻밤을 묵었던 팍뱅은 기껏해야 20여 채의 집들이 모인 작은 마을이었다. 볶음밥인지 비빔밥인지 구분할 수 없을 정도로 질퍽한 볶음밥으로 아침을 해결하고 밖으로 나갔다. 이슬도 마르지 않은 이른 아침, 황색 장삼의 노승이 동자승을 이끌고 탁발을 나왔다. 노승과 동자승은 심오한 진리를 추구하는 동반자나, 긴 여정의 길을 말없이 함께 가는 훌륭한 친구처럼 보였다. 몇몇 여인들이 무릎을 꿇은 채 동자승이 들고 있는 항아리에 음식과 돈을 시주했다.

8시가 조금 넘은 시간, 전날의 승객 중에 배에 승선한 사람은 아무도 없었다. 오로지 배에서 밤을 보낸 뱃사공만이 엔진을 점검하고 있었으며 사공의 아내는 아직도 잠에서 깨어나지 않은 어린 딸을 옆에 누인 채 아침 준비를 위해 나뭇가지로 불을 지피고 있었다. 제대로 불이 붙기 전 배 안을 가득 메운 매캐한 연기가 망막을 자극하고 있었고 너무 일찍 배에 오른 것이 아닌가 싶어 미안한 마음이 들기도 했다.

여행자들이 모두 모인 것은 9시가 되어갈 무렵이었다. 팍뱅을 출발하기 전, 언제 만들었는지 도저히 확인이 불가능한 빵을 샀다. 쌓이고 쌓인 먼지가 기름기로 변해 끈끈해진 빵봉지. 점심을 위해서였다. 어제 이 배는 점심을 위해서 어느 곳에도 기착하지 않았다. 아무리 달려도 보이는 것은 울창한 산세의 정글뿐, 메콩강 줄기 어디에도 배가 기착할 만한 곳은 없었다. 가끔 강변에 나와 있는 벌거벗은 아이들이나 땅을 파는 농부들을 통해서 정글 속 어딘가에 몇 채의 움막 같은 집들이 웅크리고 있으리라 짐작할 뿐이었다. 가끔씩 보이는 강가의 소들이 가축이 아니라 야생이 아닌가 싶을 정도로 메콩강 줄기에는 인적이 드물었다.

어쩌다 만나는 강가의 아이들은 키득키득 웃어대며 배를 따라 뛰었다. 하루종일 강가를 지키고 있어도 지나가는 배는 몇 척에 불과할 터였다. 농부들은 강가에 단단하게 생성된 모래톱 위에 씨를 뿌렸다. 다음 우기까지는 그곳에 물이 차지 않을 것이다. 해가 바뀌면 저 모래밭은 사라지고 불어난 강물은 다른 곳에 새로운 밭을 만들겠지. 내년에는 저 농부를 위해 좀더 큰 모래톱이 생기길 바랐다. 강물에 빠트리지 않고도 재주 좋게 공을 차는 아이들의 입가에 줄줄이 과자봉지가 달리도록.

사공의 아내는 배에서 꽤 중요한 역할을 맡고 있었다. 운전은 뱃머리의 남편이 맡고 있었지만 운항 중에 후미의 엔진을 관리하는 것은 아내의 책임이었고 바닥에 차오른 강물을 이따금씩 퍼내는 것도 아내의 몫이었다. 어린 딸은 벌거벗은 인형을 갖고 놀다 지치면 괴성을 질러대곤

했지만 아이의 목소리는 엔진 소음에 묻혀 이내 사라져버렸다. 이틀을 배에서 보내는 것은 여행자들에게도 만만치 않은 일이었으니 이제 막 걸음을 시작한 아이에게 이 배는 너무 비좁은 공간일 것이다.

멀리 언덕 위에서 아가씨 하나가 손을 흔들었다. 속력을 낮춘 배가 그 아래로 느리게 미끄러져갔다. 낡기는 했어도 청바지에서 제법 도시 냄새가 나는 아가씨. 돈 벌러 도시로 떠나는 누나를 줄줄이 따라 나선 동생들. 배에 오르기 전, 그녀는 동생들에게 몇 푼씩을 쥐어주었다. 그리고는 동생들의 움켜쥔 손을 꼭 잡았다. 도시로 돌아가는 누나보다 외국인에게 관심이 더 많은 듯한 동생들은 배가 방향을 돌리고서야 이별의 의미를 이해했다. 아이들은 점처럼 작아질 때까지 누나에게 손을 흔들며 언덕 위 자리를 지켰다.

서로 싸우지 말고 엄마 말 잘 듣고 있어. 백 밤 자고 나면…… 누나가 돈 많이 벌어서…….

고개 숙인 누나는 애꿎은 사탕수수만 씹었다. 나도 끈끈한 빵봉지를 벗기고 방부제로 범벅된 빵을 한입 크게 베어물었다. 떠나고 싶지 않았다. 그럼에도 내가 떠나는 이유는 무엇인가. 모질게 스스로를 위로했다. 때로는 아쉬움을 뒤로하고 떠나야 하는 것이 여행이라고. 그것이 인생이며 떠남의 공허함 속에서 내가 살아 있음을 확인할 수 있다고.

사탕수수를 타고 흐르는 눈물을 보았다. 그녀도 나처럼 떠나고 싶지 않은 길을 가는 것일까. 그녀에게도 꿈이 있겠지.

한 밤, 두 밤, 세 밤…… 한 밤, 두 밤, 세 밤……. 세다 잊고, 세다 잊고. 몇 밤 다음이 백 밤일까. 돈 벌러 도시로 간 누나 백 밤 자고 나면 온다고 했는데.

씹은 빵이 목구멍에 걸렸다. 그녀의 눈물을 애써 외면하고 나 자신에게 충고했다. 너는 좀더 냉정해져야 해. 하지만 나의 목이 메게 한 것은 돈을 벌기 위해 도시로 떠나는 그녀의 슬픔이 아니었다. 그보다는 도시에서 겪게 될지도 모르는 그녀의 좌절이 더욱 가슴 아팠다.

혹시 그녀는 자신의 꿈이 버거워질 때쯤 돈의 위력을 탓하게 되지는 않을까. 돈이 돈을 버는 세상이라고, 돈이 있어야 대접을 받을 수 있다고, 있는 놈은 더욱 잘살고, 없는 놈은 백날 일해 봐야 이 모양 이 꼴이라고. 그녀의 꿈이 상처나지 않고 굳건했으면 좋겠다는 생각이 들었다.


눈을 감는다.

고개를 뒤로 젖혀 얼굴을 배 밖으로 내밀고 해바라기를 해본다.

쏟아지는 햇살이 따사롭다.

물방울이 튀어 얼굴에 묻는다.

차갑다.

한줄기 눈물이 눈초리를 타고 흐른다.

따뜻하다.


오후 5시가 되어서야 배는 루앙프라방에 도착했다. 이틀을 함께 보냈던 여행자들은 아무 인연도 없었다는 듯 뿔뿔이 흩어졌다. 나는 왜 또 이렇게 가장 마지막까지 남은 것일까. 마지막 남은 나를 호객하는 기사들을 뒤로하고 배낭을 메고 선착장을 걸어나왔다.

저만치 나보다 앞서 걷고 있는 그녀. 그녀가 오래도록 오늘의 눈물을 잊지 않았으면 좋겠다는 생각을 했다. 힘들 때마다 언덕 위에서 점처럼 작아질 때까지 그녀를 바라보던 동생들을 기억했으면 좋겠다. 그녀의 꿈이 강가에 만들어진 모래톱보다도 단단했으면 좋겠다.

라오스 루앙프라방으로 가는 뱃길에서

## 조금은
## 비굴하게

푸시 언덕으로 오르는 수백 계단 어느 구석에 누군가 '220'이라고 낙서처럼 써놓았다. 그 옆에 걸터앉아 헉헉거리며 풀무질하는 가슴을 잠시 진정시켰다. 진녹색 이끼 위에, 굴러다니는 돌조각으로 썼을 법한 숫자를 보면서 어쩌면 내가 언덕을 오르면서 헤아리다 잊었던 계단의 수일지도 모른다는 생각이 들었다. 나는 나의 추측을 믿기로 했다. 220에 새로 하나씩 더해가며 다시 계단을 올랐다. 221, 222, 223……. 그러나 정상에 오르기 전 찰나처럼 스쳐간 잡념 때문에 다시 그 숫자를 잊고 말았다.

언덕 정상에서 보니 이쪽도 강이요 저쪽도 강이다. 남칸강 철교를 지나는 자동차의 덜컹거리는 소리가 여기까지 들리고 강을 오가는 배들의 엔진소리도 환청인가 싶게 아련했다. 칠이 벗겨진 사탑과 문이 잠긴 작은 사당 하나. 그리고 이 도시의 이미지와는 전혀 어울리지 않는 버려진 러시아제 대공포. 2차대전 때 사용되었을 것으로 보이는 대공포는 모든 기능을 상실했지만 유연하게 돌아가는 그 회전력만은 신기할 정도였다. 모두들 어디에 갔는지 정상에는 찾는 이 없이 혼자뿐이었다.

산과 강으로 감싸인 채 수십 개의 사원이 산재한 루앙프라방의 전경은 평화롭기 그지없었다. 특정 사원이나 유적이 아니라 도시 전체가 유네스코의 세계문화유산으로 지정된 루앙프라방. 적당한 먼지와 단정하게 낡은 건물들. 규칙적인 듯하면서도 흩어진 도시 배열. 고풍스런 고도古都는 수백 년 전의 모습을 간직한 채 오늘도 변함없이 차분한 모습이었다.

칠이 벗겨진 사탑 턱에 한참을 앉아 있으니 누군가 올라오는 소리가 들렸다. 언덕 아래 매표소 직원이었다. 입장표를 끊으면서 일회용인지 아니면 오늘은 몇 번이고 다시 사용할 수 있는 당일 유효 티켓인지를 묻는 나의 질문을 제대로 이해하지 못해 나를 꽤 애먹였던 사람이다. Today오늘를 한사코 Two days이틀로만 이해하며 '노 투 데이, 원 데이'만 반복했던 사람. 내가 그를 위해 임기응변으로 사용했던 말은 This day이날였고 그제야 그는 이해했다는 듯 호탕하게 웃으며 'OK!' 라고 말했다.

그는 탑 뒤에 앉은 나를 보지 못한 채 곧바로 한쪽 구석으로 걸어갔다. 잠시 후 부스럭거리는 소리가 들릴 때까지도 나는 시야에서 사라진 그를 의식하지 않았다. 그러나 그 소리가 일상적인 움직임에서 들려오는 자연스런 것이 아니었기에 약간의 궁금증을 갖고 탑을 돌아 그가 사라진 쪽으로 가보았다. 그는 허리를 굽혀 구석에 놓인 쓰레기통을 뒤지고 있었고 그의 손에는 이미 몇 장의 표가 들려 있었다. 여행객이 버린 입장표였다.

나와 눈이 마주친 그는 당황하는 모습이 역력했고 순간 몸이 굳어버렸다. 입장료 8천 킵. 점심 한 끼는 너끈히 먹을 돈이다. 하루에 열 장씩만 모아서 다시 팔아도 아마 그의 월급보다는 많은 액수가 될 것이다.

　오늘 오전, 환전소에서 본 일본인이 떠올랐다. 옷차림에서부터 몸가짐 곳곳이 어딘가 모르게 단정하면서도 세련되었던 40대 초반의 일본인. 내 앞에 서 있던 그는 100달러짜리 여행자수표 묶음을 꺼냈다. 어림잡아도 수십 장은 되어 보이는 그의 여행자수표 묶음은 첵Check이 아니라 '책'이었다. 내게 남은 단 네 장의 여행자수표. 나는 남은 일정을 생각하며 그나마 수표에는 손도 대지 못하고 지갑 속에 구겨져 있는 1천 바트짜리 태국 지폐를 꺼내 환전소 창구에 내밀었다. 그리고 환전한 돈을 확인하고 있는 일본인이 가능하면 내가 내민 지폐를 보지 못하기를 바랐다.

　나에게 여유가 있다면 무거운 배낭을 메고 싼 숙소를 찾아 이리저리 헤매는 고단한 일도 없을 것이고, 마실 것도 함께 주문하는 것이 보편화되어 있는 이곳 식당에서 몇 푼 되지도 않는 음료값을 아끼기 위해 구멍가게에서 미리 생수를 사들고 식당에 들어가는 구질구질한 짓도 하지 않을 것이다. 어디 그뿐이겠는가. 비행기로 단 몇 십 분이면 도착하는 편한 길을 두고 하루 이틀씩 소모하며 고생스럽게 버스를 이용할 이유도 없으며, 카메라 렌즈도 하나 더 구입하고 필름도 좀더 질 좋은 것을 사용할 것이다.

　물론 매표소 직원의 행동이 올바른 것은 절대 아니다. 그러나 그에게 인생에서 돈은 그렇게 중요하지 않다고, 더 중요한 것은 진실과 정직이라는 설교자 같은 말을 해주고 싶지도 않았다. 적어도 그 순간만큼은 그것이 가식과 위선일지도 모른다고 생각했기 때문이다. 그래서 나는 나를 보고 굳어버린 그에게 웃어주었다. 그리고 역설적이게도 정상까지 올라와 쓰레기통을 뒤지는 그의 일상이 인간적이라고 생각했다.

누구는 두툼한 여행자수표를 들고 다니며 여행을 하고, 누구는 8천 킵 입장표를 주우러 정상까지 올라와 쓰레기통을 뒤진다. 그리고 또 누군가는 그들 사이에서 찾을 수 없는 자신을 바라보며 집 떠난 영혼처럼 방황한다. 기억하지 못하는 계단의 숫자는 헤아릴 수 없는 삶의 깊이와 다양함과도 같을지 모른다.

저녁 시간, 나는 변함없이 생수를 사들고 식당을 찾았다. 초록색 식탁보가 조금은 어색한 식당이었다. 그곳에서 일전에 알고 있던 영국인 여행자를 만났다. 그들은 죽통 찰밥과 독특한 샐러드의 라오스 음식을 먹고 있었다. 그들과 악수를 나눈 후 옆 테이블에 자리를 잡은 나는 토마토케첩을 뿌리지 않은 오믈렛을 주문했다. 머리 짧은 직원이 음료는 무엇으로 할 것인지를 물었으나 내가 갖고 있는 물을 마시겠다고 대답했다.

식사를 마친 영국인 여행자는 생맥주를 마시러 갈 것이라며 원하면 그쪽으로 오라고 했지만 나는 다음 기회를 기약했다. 계산을 마친 그들이 밖으로 나갔을 때였다. 밖에서 두 손을 모으고 서 있던 걸인이 서둘러 들어와 죽통을 열어보고는 남아 있던 밥을 모아갔다.

식사를 마친 후 음식값을 지불하고 나오면서 나는 잠시 망설였을까. 호주머니를 뒤져 나온 몇 푼의 돈을 여전히 입구에 서 있던 그에게 쥐어주었다. 큰돈은 아니었다. 음료를 주문하지 않으며 아낀 정도의 금액이었다. 내가 그를 외면한다고 그가 굶어죽지는 않을 것이다. 하지만 만약 모든 사람이 그런 생각으로 그를 외면한다면 그는 굶어죽을 수도 있을 것이다.

숙소로 돌아오는 길, 바에서 맥주를 마시는 영국인들을 보았다. 피

아노 음악이 흘러나오는 손님 없는 생맥주 바. 우리는 손을 높이 들어 인사를 대신했다. 어둔 밤길 너머로 바람이 불어왔다. 저들끼리 비벼 대는 나뭇가지 소리가 측은했다. 불쌍한 사람들. 이 좋은 세상에 어찌 그렇게 밖에는 살지 못할까. 그래, 방법이 있으면 어떻게든 돈을 벌어 봐. 세상을 사는 데는 그게 필요해.

라오스 루앙프라방에서

볕 좋은 날

母子는

강으로 간다

여러 개의 원고 마감이 동시에 겹쳤지만 3일 동안 모니터 앞에 앉아서 겨우 하나만을 넘긴 후였다. 머릿속에서는 마감해야 하는 원고들이 뒤엉켜 자기들끼리 편집되고 있었다. 예측이 가능한 연재 원고만이라도 미리 써놓지 않은 것을 후회했다. 무엇부터 손을 대야 할지 정신을 추스를 수 없는 상황에서 나는 엉뚱하게도 책꽂이에 꽂힌 책 한 권을 살펴보고 있었다. 흑黑물이 묻어날 것처럼 선명한 흑백 표지가 인상적인 인도여행기였다.

몇 년 전 광화문의 한 서점에서 그 책을 발견했을 때, 그 자리에서 몇 꼭지를 읽어내려갔을 정도로 감동적인 책이었다. 그러나 글을 쓰고 사진을 찍었던 저자의 이름이 표지에만 인쇄되어 있을 뿐, 표지 안쪽에는 저자의 사진은커녕 그 어떤 프로필도 보이지 않았다. 집으로 돌아와서야 이례적으로 맨 뒤에 적혀 있던 저자의 약력을 찾을 수 있었다. 너무도 간단해서 호기심이 일었던 약력.

1956년 출생, ○○대학교 의과대학 졸업, 의사, 사진가

누군가 폭파해야 한다고 말했던 최고의 대학. 그것도 의대를 졸업한 그의 약력을 보면서, 그리고 어울릴 수 없을 것 같은 의사와 사진가라는 두 개의 타이틀을 보면서 '엘리트'라는 단어가 먼저 떠올랐다. 그러한 생각은 뛰어난 통찰력이 배어 있는 글솜씨와 사물에 대한 깊은 애착이 묻어 있는 그의 사진을 통해서 더욱 강하게 자리잡았다. 그 책은 내가 두 번을 읽었던 몇 안 되는 책 중에 하나였다.

한 매의 원고가 급한 상황에서 나는 그 책을 또다시 정독하고 있었

다. '그날 밤, 우리의 미친 낙타는 잘린 다리를 하고, 카시오페아의 긴 걸음을 하늘에서 찾아내었을까'라는 구절이나 '이 땅으로 와 이름 하나 없이 살다 가는 우리들. 할아버지는 그저 사원의 모퉁이 돌멩이로 불렸고, 아버지는 강물 흐르는 어느 굽이 하나로 불렸고, 나는 갠지스를 낮게 나는 물새의 깃털로 불리워진다'라는 구절에서, 또는 '스쳐 지나가는 사람은 사막의 심장을 껴안을 수 없다. 사막을 가질 수 있다고 생각하는 사람들이 그 아름다운 사구에 말뚝을 박을 때, 우리 할아버지들은 그들의 가슴에 칼을 꽂았다. 땅에 금을 긋는 사람들은 사막의 아름답고 웅혼한 노래를 들을 수가 없다'라는 구절 등에서 나는 여물을 다시 씹어삼키는 동물처럼 몇 번이고 되새김했다.

수화기를 들었다. 그리고 나는 판권에 표시된 출판사의 전화번호를 누르고 있었다. 신호음이 열 번 이상 울렸지만 전화를 받지 않았다. 이어진 또다른 번호를 다시 눌렀다. 급하게 받는 목소리. 나는 우물쭈물 책의 제목과 저자의 이름을 대면서 그의 연락처를 알 수 있는지 물었다. 그제야 나는 왜냐고 물으면 뭐라고 대답해야 할지 답변을 준비하지 않았음을 깨달았다. 다행히 그는 그렇게 묻지 않았다. 다만 책이 나온 후 자신들도 연락이 두절되었다고만 했다. 그가 마지막으로 근무한 병원을 묻고 싶었지만 그것이야말로 왜냐고 물을까봐 묻지 못했다.

그는 아직 이 땅의 의사로 남아 있을까. 아니면 세상을 등지고 인도로 떠난 것일까. 나는 까닭도 없이 그가 모든 부귀영화를 버리고 인도로 떠났기를 바랐다. 세상에 그런 사람 하나 정도 있었으면 좋겠다고 생각했다. 여행이 세상사람 중에 누군가 하나 정도 그렇게 변화시켜주었으면 좋겠다고 소망했다. 여행에는 그런 힘이 있다고 믿고 싶었다.

책을 덮고 라오스에서 촬영한 슬라이드필름 앨범을 펼쳤다. 그리고 한 장의 슬라이드필름을 골랐다. 라오스에서 내가 최초로 눌렀던 셔터. 그날 나는 태국 '치앙콩'에서 배를 타고 국경을 넘어 라오스의 후아이사이로 갔다. 겨우 다섯 명 정도가 탈 수 있는 좁은 배였다. 강을 건넌 후 루앙프라방으로 가는 배를 타기 위해 곧바로 또다른 선착장으로 달려갔다. 그 배는 하루에 한 번 밖에 없었기 때문이다. 루앙프라방으로 향하는 배도 그리 넓지 못했다. 앉은 자리에서 몸을 조금 움직일 수 있는 것이 고작이었다. 출발을 기다리며 강을 바라보았다. 눈이 부실 정도로 반짝이는 강물은 물고기 비늘을 닮아 있었다. 그리고 배를 타기 위해 걸쳐놓은 나무판 위에 걸터앉은 모자母子. 나는 그들의 사진을 찍었다.

나는 이제 그 필름을 뽑아들고 '볕 좋은 날 母子는 강으로 간다'라는 이름을 붙여본다. 아직 이 땅 어딘가에 의사로 남아 있을지도 모르는 그가, 세상을 등지고 인도로 떠났기를 바라는 이기적인 마음으로.

서울에서

이젠
지쳤다고 말하는
그대
보십시오


아지랑이처럼 물안개 피어나는 새벽 강에 나가봅니다. 어디서 몰려나왔는지 추위에 벌벌 떨면서 강물에 고양이세수를 하는 한 무리의 소년들이 있습니다. 그들을 지나 강 건너 작은 마을과 연결해주는 대나무 다리까지 걷습니다. 두툼한 털옷을 뒤집어쓴 여인이 이른 아침부터 다리 중간에 나와 통행료를 받고 있습니다. 강 건너 북쪽 마을에서 건너온 어린 딸아이는 그녀에게 찹쌀주먹밥 하나를 내밀고 학교로 갔습니다. 그녀의 아침입니다.

어제 저는 이 다리를 건너 북쪽 마을에 다녀왔습니다. 그곳에서 한 청년을 만났습니다. 조카인지 동생인지 알 수 없는 꼬마녀석의 손을 잡고 있던 그는 게스트하우스에서 일하면서 그곳에서 숙식도 해결한다고 했습니다. 월급도 없이 필요할 때마다 조금씩 용돈을 받는다던 그가 방비엥을 떠나면 어디로 가는지 물었습니다.

"비엔티안. 루앙프라방에서 왔거든."

"루앙프라방 좋죠? 여행자들에게 이야기 많이 들었어요."

라오스, 그것도 방비엥에 살고 있으면서 루앙프라방에 가보고 싶어하는 청년이 저의 카메라를 보고 다시 물었습니다.

얼마냐고, 얼마를 주어야 살 수 있느냐고.

"이건……."

잠시 망설였습니다.

"이건, 싼 거야. 너의 용돈 몇 달만 아끼면 살 수 있어."

저는 거짓말을 했습니다. 몇 달이 아니고 몇 년을 모아도 카메라 가격은 그가 만지기 어려운 돈이라는 것을 알고 있기에 어쩔 수 없이 거짓말을 했습니다.

이제 막 떠오른 해가 서서히 추위를 달래주고는 있지만 돌무더기에 걸린 강물이 초라하게 울음 소리를 내는 새벽 강가는 여전히 싸늘합니다. 몸이 춥고 배가 고프니 내 몸 편한 것이 최고라는 생각이 듭니다. 하기야 이른 아침부터 이 다리를 지켜야 하는 저 여인을 생각하면 아침에 산책 나와 춥다고 말하는 저의 엄살은 사치일지도 모르겠습니다. 삶은 누구에게도 친절하지 않지만 가난한 자에게는 더욱 그러하니까요. 좀더 많은 돈이 있어야 맛있는 음식도 먹고 좋은 숙소에서도 잘 수 있겠지만 무엇보다 그것이 있어야 대접받는 세상이 아니던가요. 가난한 삶은 그 어떤 위로도 소용없을 정도로 고달픈 것이지요. 어제의 그 청년을 다시 만나면 기를 쓰고 돈을 벌어야 한다고 말해주고 싶습니다. 나이 먹어서 고생하지 않고 대접받고 싶으면 돈이 있어야 한다고.

종종걸음으로 돌아오는 길, 저기 식당이 보입니다. 이곳에 도착한 첫날 숙소를 구하러 돌아다니는 동안 저의 무거운 배낭을 기꺼이 맡아준 곳입니다. 며칠 전에는 점심을 먹은 후 노트에 뭔가를 그리기 위해 자가 필요했습니다. 하지만 자가 영어로 무엇인지 도통 모르겠더군요. 할 수 없이 자에 대고 줄을 긋는 시늉을 했습니다. 하긴 영어로 말했다고 해도 그들이 이해를 못했을 수도 있었겠죠. 의사소통이 쉽지는 않았지만 그들은 이내 뭔가 알았다는 표정이더니 막내아이가 쏜살같이 방으로 달려가서는 제가 원했던 자를 가져왔습니다. 부러진 자였습니다. 그리고 우리는 어려운 과제라도 해낸 사람들처럼 서로 웃었습니다.

볶은 배추를 밥 위에 얹은 메뉴로 주린 배를 채웁니다. 그리고 지금 제 앞에 뭐가 놓여 있는지 아십니까? 따뜻한 물 한 컵이 있습니다. 차가워진 몸을 달래라고 식사를 마친 저에게 이들이 내온 정성입니다. 따뜻한 물 한 모금을 마시며 생각해봅니다. 그들의 순박하고 세심한 배려가 이 한 컵의 물보다 더욱 따뜻하다는 것을요.

어제 만났던 청년에게 해주고 싶었던 말은 번복해야겠습니다. 세상을 사는 데는 돈보다도 중요한 것들이 훨씬 더 많을 수 있다고, 우리가 소유해야 할 것들의 우선순위는 그것들일지도 모른다고요.

그러고 보니 저는 따뜻한 물 한 컵에 생각을 바꿀 수 있는 간사한 놈이군요. 힘들 때는 차라리 멀리 보면 어떨까요. 그냥 멀리가 아니고 아주 멀리. 그럼 우선순위도 바뀔 수 있고 바위처럼 무거웠던 많은 것들이 매우 사소하게 여겨질 수도 있을 겁니다. 서두르지 마세요. 급한 마음이 당신을 지치게 할 수도 있습니다. 우리에게는 쇠털같이 많은 날들이 있고 아직 찾아오지 않은 수많은 기회가 있습니다. 부러진 자를 보고 행복해지고 따뜻한 물 한 컵에 위로를 받을 수 있는 나날이었으면 좋겠습니다. 오늘보다는 내일을 생각하며 살았으면 좋겠습니다.

오늘은 어디로 가야할지 모르겠지만 이제 저는 따뜻해진 몸으로 다시 길을 갑니다. 좀더 먼 곳을 바라보면서.

라오스 방비엥에서

# 땅바닥
# 그림
# 꼴람

소똥을 펴바른 바닥이 마른 뒤
하얀 가루로 그림을 그리는 계집아이.
코끼리 한 마리 소원 하나,
코끼리 두 마리 소원 두 개…….
엄마 아빠는 이미 밭에 나갔고
이제 걸음을 시작한 동생은 신발도 없는 언니의 몫.
네 마리 코끼리들이 분홍 옷 초록 옷을 입을 때
아이의 소원은 어느 별을 서성이고 있었을까.

인도 함피에서

* 집 앞 땅바닥에 그리는 그림 '꼴람'은 벌레를 쫓는 것에서 시작되었다고 하
며 행운을 기원하는 의미가 있다고도 한다. 평소에는 하얀 가루로만 그림을 그
리지만 축제 기간에는 그림에 색색 옷을 입힌다.

# 잃어버린
# 도시
# 샹그릴라

　아직 봄이 오지 않은 들판은 온통 황토색뿐이었다. 씨앗을 뿌리기 위해 갈아엎은 밭에서 단단하게 굳어버린 흙덩이를 잘게 부수던 가족은 풍성한 가을을 기억하듯 행복해 보였다. 소를 몰고 집으로 돌아가던 아이는 걸음을 멈추고 딴청을 피우고 있었지만 소는 제 갈 길을 알고 있다는 듯 아이 없이도 잘도 가고 있었다.

　장에 몰고 나갔지만 끝내 팔리지 않은 염소를 앞세우고, 싸리나무를 닮은 잡목들이 심긴 시골길을 걷던 여인. 그녀의 손에는 긴 막대기 하나가 들려 있었고 눈치 없는 염소는 메에에에 울어대기만 했다. 세상에

는 가진 것이 너무 없어 불행한 사람들과 가질 것이 너무 많아도 서글
픈 사람들이 널려 있지만 샹그릴라 사람들에게는 주어진 오늘 하루만
으로도 충분히 축복이었다.
　샹그릴라는 1933년 영국의 제임스 힐튼이 쓴 소설 『잃어버린 지평
선』에 등장하는, 늙지도 않고 죽지도 않는 사람들이 사는 마을의 이름
이다. 샹그릴라가 이상향의 도시나 낙원의 대명사로 사용될 만큼 이 소
설이 유명했던 것은 사실이지만 너무 오래된 작품이어서인지 솔직히
세련된 맛은 없었다.

소설은 티베트를 배경으로 하고는 있지만 샹그릴라는 허구에 불과한 소설 속의 도시일 뿐이다. 그러나 사람들은 이 세상 어딘가에 그런 도시가 실제로 존재하기를 바랐고 나 역시도 책을 읽으면서 이런 비밀스런 도시 하나쯤 숨겨져 있으면 좋겠다는 생각을 한 적이 있다.

정확한 근거나 이유는 알 수 없으나 2001년 12월 17일 중국 국무원은 멀쩡한 도시 이름 중뎬中甸을 두고 이 도시 이름을 샹그릴라香格里拉로 변경했다. 물론 중국 정부의 그런 결정이 소설 속에 등장하는 이상향의 도시가 지금의 중뎬 지역이었다는 지리적인 고증에 의한 결정이라고 믿는 사람은 아무도 없을 것이다. 오히려 샹그릴라 신화를 이용해 돈벌이를 하려는 얄팍한 속셈이 엿보이기도 한다. 하지만 그런 전략적인 목적이 있었다고 해도 이 도시가 샹그릴라라는 이름에 어울리는 것은 분명했다.

어처구니없는 상상이라고 해도 샹그릴라라는 도시는 막연히 '어디쯤' 있을지도 모른다는 기대와 상상으로 족해야 하는 것인지도 모른다. 그래야 여전히 사람들의 마음속에 신비스런 파랑새로 남을 수 있기 때문이다. 하지만 실제 방문한 샹그릴라는 그곳이 낙원이 아님을 충분히 증명했지만, 그 풍경만큼은 내가 상상할 수 있는 이상적인 모습을 간직하고 있었다.

샹그릴라라는 이름을 갖기 이전부터 이미 이 도시는 성스러운 도시로 여겨지고 있었다. 넓은 평원의 비스듬한 언덕에 자리 잡은 송찬림사松贊林寺 때문이다. 수십 개가 넘는 건물들로 이루어져 작은 마을을 연상케 하는 송찬림사는 토담에 덧칠해진 흰 회벽이 묵묵히 버틴 오랜 세월을 대변하고 있는 고풍스런 사원이다.

　사원 내부의 법당들은 전통적인 티베트 사원이 그렇듯 높은 창에서 들어오는 자연광만이 존재하기 때문에 비교적 어두운 편이지만 사선으로 들어선 빛들이 오히려 엄숙함을 더한다. 특히 법당 내부에 걸려 있는 비단 장식들은 그 자체만으로도 예술품에 가까운 아름다움을 간직하고 있으며 사선으로 들어선 빛을 받고 있을 때는 발걸음조차 조심스러울 정도로 경외감이 느껴진다. 골목 사이에서 불어오는 바람은 오랜 세월에도 쓰러지지 않은 토벽의 향취를 담고 있으며 법당에 모인 스님들이 한목소리로 외우는 불경소리는 구차한 욕심을 벗어버린 자의 설법처럼 들리기도 한다. 수백 년의 시공을 초월해 모든 것이 멈춰진 듯싶은 사원을 천천히 산책하는 것은 문명의 이기를 축복으로 알고 사는 사람들에게 특별한 경험이 아닐 수 없다.

　일일이 그 쓰임새를 알 수 없는 건물들 사이를 돌아다니다 만났던 스님들 모두, 친절하게도 먼저 인사를 해주었다. 승원 입구 마당에서 만난 어린 스님은 해바라기씨 한 주먹을 나눠주기도 했다.

　양지에 모인 한 무리의 스님들은 커다란 돋보기안경을 코에 걸친 노승 주변에 모여서 열심히 제비뽑기를 하고 있었다. 스님들이 뽑은 기다란 제비 안에는 티베트어가 적혀 있었고 노승은 그 글귀를 확인하며 자신의 빈 공책에 뭔가를 적어넣었다. 사원 안에서 해야 할 일들의 당번을 정하는 것도 같았고 무슨 시험을 준비하는 것도 같았다. 머리가 하얗게 센 노승의 얼굴에서 묻어나는 인자함과 그를 따르는 젊은 스님들의 순박함. 당당한 그들의 체구를 생각하면 온화한 그들의 인상은 조금 낯설기도 했다.

　사실 송찬림사에 가기 위해 도심에서 미니버스를 타고 종점에서 내렸을 때 사원보다도 먼저 눈에 띄었던 것은 순례자들이었다. 대부분 가족 단위로 보이는 순례자들은 제법 커다란 동산 하나를 차지하고 있는 사원 외곽을 시계방향으로 돌고 있었다. 일부는 두툼한 야크털 외투를 입고 있기도 했지만 대부분은 허름한 옷을 여러 번 겹쳐서 입는 것으로 3월의 뒤늦은 추위를 견디고 있었다.

사원을 향해 곧바로 들어가지 않고 경구가 적힌 마니차를 돌리며 '옴마니밧메훔'을 반복하는 그들의 뒤를 따랐다. 물론 그들의 경배의식을 경솔하게 곁눈질이나 하려는 마음은 없었다. 하지만 온몸을 척박하고도 차가운 바닥에 내던지는 오체투지 앞에서 여전히 가슴이 먹먹해지는 것은 어쩔 수 없는 일이었다. 가끔은 그들이 무모해 보이는 것도 사실이다. 그러나 자신의 많은 삶을 포기하고 신에 대한 열망 하나로 온몸을 끝없는 길 위에 내던지는 사람들에게 돌을 던지거나 혀를 찰 수 있는 사람들이 몇이나 될까. 과연 우리들에게 그런 자격이 있기나 한 것일까. 우리는 그렇게 떳떳하게 살아왔던 것일까. 그 어떤 것을 위해 그토록 애절하게 몸을 내던졌던 적이 있었던가.

그곳을 찾았던 우리 모두가 떠난 후에도 발걸음을 멈추지 않는 순례자들이 있는 한 그곳은 영원한 샹그릴라로 남을 것이며, 앞서 지나간 순례자들의 겸손한 숨결은 그 언덕 어딘가에 남아서 뒤따르는 순례자들을 축복할 것이다. 그리고 그들의 순례가 멈추지 않는 한, 다시는 샹그릴라를 잃어버리는 일은 없을 것이다.

중국 운남성 샹그릴라에서

# 슬픈 물고기

이 도시 어느 구석에서
동족의 주둥이를 뜯어먹고 사는 물고기를 보았다.
살기 위해 도망치는 패자의 꼬리지느러미라도 물어뜯어야
직성이 풀리는 잔인한 물고기.
너무도 공격적이어서
한 어항 안에서 두 마리가 함께 살 수 없는
슬픈 물고기.

지난 저녁 길바닥에서
장미 한 다발을 끌어안고 잠든 거지를 보았다.
팔다 남은 꽃을 안은 채
고단한 하루를 마감한 청년.

동족의 주둥이를 뜯어먹고 사는,
그래서 누구와도 동반할 수 없는 조악한 인생보다
길바닥에서 잠들지라도
꽃을 파는 거지가 될 수 있다면 좋겠다.
팔다 남은 장미 한 다발을 안고 그렇게 잠들지라도……

태국 방콕에서

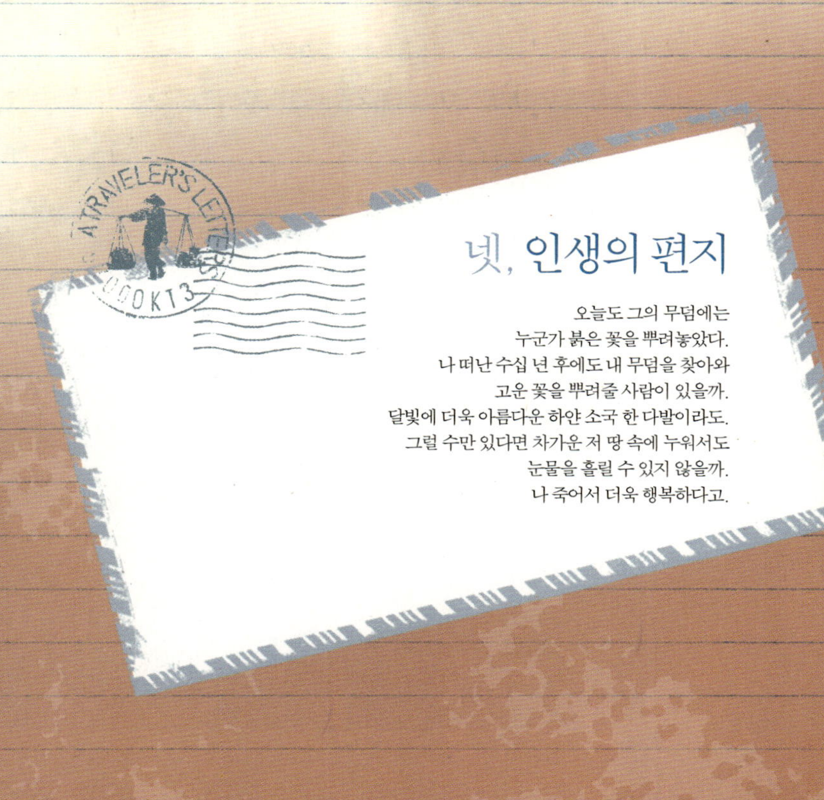

# 넷, 인생의 편지

오늘도 그의 무덤에는
누군가 붉은 꽃을 뿌려놓았다.
나 떠난 수십 년 후에도 내 무덤을 찾아와
고운 꽃을 뿌려줄 사람이 있을까.
달빛에 더욱 아름다운 하얀 소국 한 다발이라도.
그럴 수만 있다면 차가운 저 땅 속에 누워서도
눈물을 흘릴 수 있지 않을까.
나 죽어서 더욱 행복하다고.

# 이별노래

11월의 싱가포르는
하루에 2리터의 생수를 마셔야 할 만큼
무더웠다.

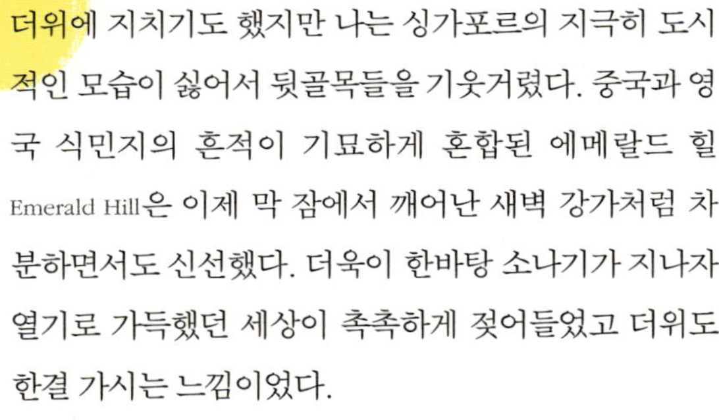

더위에 지치기도 했지만 나는 싱가포르의 지극히 도시적인 모습이 싫어서 뒷골목들을 기웃거렸다. 중국과 영국 식민지의 흔적이 기묘하게 혼합된 에메랄드 힐 Emerald Hill은 이제 막 잠에서 깨어난 새벽 강가처럼 차분하면서도 신선했다. 더욱이 한바탕 소나기가 지나자 열기로 가득했던 세상이 촉촉하게 젖어들었고 더위도 한결 가시는 느낌이었다.

내가 친구를 떠올린 것은 창밖으로 얼굴을 내민 푸른 잎 하나를 보면서였다. 방금 지나간 소나기에 푸른 몸을 적신 잎사귀 하나. 창밖으로 얼굴을 내민 잎은 촉촉하게 빗물을 머금고 있었다. 내일을 위해 빗물이 그리웠을 저 푸른 잎처럼 그에게도 절실했던 것이 있었을까. 뒤늦게 사회에서 만난 친구임에도 우리는 허물없이 지냈다. 그 이유 중에는 그에게 별다른 친구가 없었다는 것도 큰 몫을 했다. 어느 순간에는 그에게 나 이외에 다른 친구가 전혀 없는 것처럼 느껴지기도 했다. 가끔은 그런 사실이 부담스럽기도 했지만 우리는 늘 마음이 잘 통하는 좋은 친구였다.

친구는 노래를 좋아했다. 대학가 카페에서 통기타 가

수로 아르바이트를 했을 정도로 실력 또한 수준급이었다. 술 한잔 걸치거나 혹은 멀쩡한 정신으로, 여러 명이 어울리거나 또는 단둘이서도 우리는 종종 반짝이 조명이 돌아가는 노래방에서 마이크를 잡았다. 우리에게 노래방에 가기 위한 특별한 이유는 필요하지 않았다. 그러나 어떤 노래든지 한 번만 들으면 혼자서 부를 수 있을 정도로 탁월한 재능을 갖고 있던 친구에게도 절대 소화할 수 없는 노래가 있었는데 그것은 바로 팝송이었다. 발음이 안 된다는 것이 이유였다. 한사코 거부하는 것을 억지로 시켜보면 늘 조형기 버전이 되어버리곤 했다.

부드러우면서도 허스키한 목소리를 갖고 있던 친구는 가끔 정호승 시인의 시에 곡을 붙인 이동원의 〈이별노래〉를 불렀고 나는 그 노래가 그의 목소리와 가장 잘 어울린다고 생각했다.


떠나는 그대
조금만 더 늦게 떠나준다면
그대 떠난 뒤에도 내 그대를
사랑하기에 아직 늦지 않으리

그대 떠나는 곳
내 먼저 떠나가서
그대의 뒷모습에 깔리는
노을이 되리니


96년 노란 민들레가 보도블록 사이를 비집고 피어나던 무렵 나는 인

도와 네팔로 3개월간의 여행을 떠났다. 그는 이미 백혈병 판정을 받고 치열한 투쟁을 하고 있을 때였다. 함께 떠나고 싶은 마음을 애써 숨기며 자신의 배낭을 빌려주고 구급약품을 여행선물로 준비해주던 친구의 모습을 태연히 지켜보는 것은 잔인한 일이었다. 친구는 등산을 자주 다녔던 경험을 바탕으로 옷가지와 물건들을 항목에 따라 분리해서 비닐봉지에 담은 뒤 배낭에 넣어야 짐을 찾기도 쉽고 비를 맞아도 물건들이 안전하다며 잔소리를 해댔다. 세상이 좋아져서 더 훌륭한 소품들이 널려 있다는 것도 모른 채 꼭 필요할 것이라며 여분의 검은 비닐봉지를 배낭 속에 넣어주던 친구.

나는 그가 죽어가고 있다는 것을 알면서도 금기사항이라도 되는 것처럼 어느 누구에게도 그의 병세나 죽음에 대해서 운운하지 않았다. 그러나 나의 마음이 그랬다고 해도 친구 어머니의 믿음은 병적이었다. 어머니는 아들이 곧 병마를 이기고 불쑥 일어날 것이라 굳게 믿고 있었다. 꺼져가는 자식의 생명을 붙잡기 위한 통로로 신을 열망하는 어머니의 모습은 무지함이 느껴지면서도 한편 안쓰럽기도 했다.

여행을 마치고 돌아왔을 때 친구의 모습은 더욱 악화되어 있었다. 인도에서 그를 위해 사온 선물마저도 기뻐하지 못할 정도로 병색이 짙었으며 지쳐 보였다. 불길했던 나는 가고 싶은 곳이 없느냐고, 있으면 어디든 가보자고 했지만 그는 고개만 저었다. 그가 원하는 곳이 있으면 나의 싸구려 프라이드 자동차에 친구를 싣고 세상 어디라도 데려다주고 싶었지만 그의 몸은 이미 먼 길을 떠나기에는 너무 부실한 상태였다.

"몸이 좋아지면 싱가포르에 가보고 싶어. 생각해봐. 한 여름에 크리스마스를 맞이한다는 것이 너무 신기하잖아."

크리스마스 시즌이 여름 날씨인 나라는 지구상에 수없이 많다. 그러나 그가 그 많은 나라 중에서 왜 싱가포르를 가고 싶어했는지 나는 알지 못한다.

친구는 입원과 퇴원을 반복했으며, 나는 가능하면 자주 그를 방문하려 노력했다. 그가 집에 머물 때는 방 두 칸짜리 반지하 집이 더욱 침울해 보여 세상의 돈은 다 어디 갔는지 그 유치한 한탄이 절로 나왔다. 그러던 어느 날 전화가 걸려왔다. 갑자기 떡이 먹고 싶다며 종로2가의 어느 떡집에서 떡을 사다달라는 부탁이었다. 그러나 나는 며칠 동안 그의 부탁을 미루었다. 정말 바빴다면 핑계겠지만 마땅하게 시간이 만들어지지 않았기 때문이다. 그리고 사흘 후 전화벨 소리에 잠에서 깨어났다. 친구의 형님에게 걸려온 전화였다.

"태준이…… 오늘 새벽에 갔네."

그 한 마디로 친구는 더이상 이 세상 사람이 아니었다. 나는 이렇게 편안하게 잠자리에서 일어나 아름다운 새날을 맞이했건만 그 사이 세상에는 돌이킬 수 없는 일이 벌어진 것이다. 나의 무성의 때문에 끝내 먹고 싶다던 떡도 먹어보지 못하고 녀석은 그렇게 떠나버렸다. 그는 어쩌면 먹을 것이 아니라 사람이 그리웠을지도 모를 일이었다. 그의 죽음이 현실로 다가섰을 때의 허무함은 쉽게 감당할 수 있는 무게가 아니었으며 내가 너무 무심한 놈이었다는 자책감도 이루 말할 수 없었다.

그날 나는 퇴근 후 빈소가 아니라 술집으로 향했다. 술이 술을 마셨으며 더는 아무것도 기억나지 않았다. 눈을 떴을 때는 다음날 오후였는데 입에서는 아직도 지독한 술 냄새가 풍겼고 몰골은 빈소를 찾아갈 상황이 아니었다. 할 수 없이 장례 마지막날이었던 다음날 아침 일찍 친구의 집으로 향했다. 그러나 그의 집은 비어 있었다. 옆집에 물어보니 문상객이 거의 없는 젊은이의 죽음이라 전날 2일장으로 장례를 치렀고 가족은 며칠간 집을 비우기로 했다는 것이다.

돌아올 수 없는 길을 가는 그가 외롭지 않게 이 땅에 남아 있는 친구로서 그의 마지막 길을 지켜봐주고 싶었다. 당연한 도리였으며 그나마 친구라고는 달랑 나 하나가 아니었던가. 그러나 내가 술에 취해 쓰러져 있는 사이 친구는 한줌의 재로 타버리고 말았다. 너무도 어이없는 일이었으며 죽어서도 갚을 수 없는 빚을 지고 만 것이다.

며칠 후 친구의 형님에게 다시 전화가 걸려왔다. 내가 다녀갔다는 이야기를 들었다고, 고맙다고. 그러나 친구가 떠난 세상은 더이상 소통의 기회를 만들지 못했다. 그리고 몇 달 후 신을 부정하며 통곡하는 전화가 친구의 어머니에게서 한 번 더 걸려온 것으로 친구와 나의 연은 잘리고 말았다. 우리 태준이 불쌍해서 어쩌냐고 목 놓아 울던 어머니는 한참 후 울음에 지쳐 스스로 전화를 끊었다. 그러나 나는 그 마지막 소통 창구였던 수화기를 내려놓지 못하고 무심한 녀석과 덧없는 세상을 한탄했다.

하지만 나는 그후에도 종종 친구를 볼 수 있었다. 복잡한 인도를 걷다가, 점심을 먹기 위해 찾아간 식당에서, 복도 끝 커피자판기 앞에서, 퇴근시간 지하철 안에서……. 문득 문득 누군가의 뒤통수가 친구와 너무도 닮아서 화들짝 놀라 쳐다보면 그것은 어김없이 다른 사람일뿐이었다. 친구는 그렇게 내 주위에 오래도록 머물러 있었다. 그리고 나의 애창곡이 된 〈이별노래〉를 부를 때마다 젊은 날 세상을 떠난 친구를 떠올릴 수밖에 없었으며 술에 취해 어쩌다 친구가 생각나면 나는 그 노래를 되풀이해 부르곤 했다.

하지만 세월이 흐르는 만큼 그를 잊었다. 그리고 긴 시간이 흘러 뒷골목마저도 깨끗한 싱가포르에서 문득 그를 떠올린 것이다. 그가 가보고 싶어했던 싱가포르. 나는 그것도 잊은 채 싱가포르를 찾았던 것이다. 비정하지만 삶은 역시 살아 있는 자의 몫. 친구는 떠났는데 나는 이루지 못한 그의 소망에 서 있지 않은가.

잎은 빗물을 머금고 싱그러웠다. 그렇게 아름다웠을 우리들의 젊음은 어디로 갔을까. 그날 밤 나는 오차드 거리에 화려하게 점등된 수십만 개의 크리스마스 장식들을 바라보며 맥주 한 잔을 마셨다. 푹푹 찌는 적도의 무더위는 열대야처럼 밤에도 그칠 줄 몰랐다. 이 도시에서는 자연스러울지 몰라도 나에게는 망막 위에 낀 이물질처럼 폭염과 크리스마스는 껄끄러운 동석이었다. 요란한 점등식까지 마친 오차드 거리의 불빛들은 '사람의 집들이 어두워지면 그대 위해 노래하는 별이 되겠다' 하던 시구처럼 어느 영혼의 분신 같았다.

어디선가 들려오는 캐럴을 들으며 나는 남은 맥주를 잔에 부었다. 그리고 그 청승맞은 〈이별노래〉를 생각했다. 떠나는 그대 조금만 더 늦게 떠나준다면……. 그럴 수만 있었다면 녀석은 이 자리에 앉아 축복 같은 저 불빛들을 바라보며 어울리지 않는 폭염과 크리스마스를 음미했겠지.

남은 맥주를 마시고 숙소로 돌아오는 길에도 끝없이 나열된 별들의 반짝임은 멈추지 않았다. 달구어진 한낮의 열기보다 더욱 뜨거운 불빛들을 바라보며 이런 생각을 했다. 친구가 마지막까지 굳건히 믿고 있던 다음 세상이 진정으로 존재한다면 언젠가 그를 만나는 날 오늘을 말해주리라. 무더운 싱가포르의 크리스마스는 별것 아니었다고.

싱가포르에서

* 친구의 이름은 가명을 사용했습니다.

그곳에서 나의 사진을 발견하게 되리라고는 꿈에도 생각지 못했다. 온몸의 솜털은 칼날처럼 곤두섰으며 200만 개의 땀구멍은 일시에 수축되며 고통과 전율을 동반했다.

먼 길이었다. 멀다는 느낌은 숙소에서 사원까지의 거리 때문만은 아니었다. 길을 잃고 물어물어 찾아가야 했던 피곤한 과정이 큰 몫을 차지했다. 사원에는 학승들이 곧 시작될 수업을 기다리며 삼삼오오 모여 담소를 나누고 있었다. 학승들 중에 머리를 삭발한 학승은 성년이 된 학승이고 미성년의 경우에는 노비스novice라 하여 앞머리를 제외하고 삭발하는 것이 특징이었다. 그들은 기른 앞머리를 잘 말아 목뒤로 돌려서 반대편 어깨로 내렸다. 적갈색이나 연한 회색의 장삼이 어린 그들에게 잘 어울린다는 생각이 들었다.

1744년에 세워진 '지악람'은 호치민에서 가장 오래된 사원이었다. 그러나 고풍스런 맛이 전혀 없었다. 이럴 줄 알았으면 이렇게 고생하며 찾아오지 않았을 것이다. 실망감을 감추지 못하고 법당 안으로 들어섰다. 동공이 열리기를 잠시 기다려야 할 정도로 내부는 꽤 어두웠다. 침울한 어둠에 서서히 적응되면서 긴 과거의 흔적들이 눈에 들어오기 시작했다. 한아름이 넘는 나무 기둥들과 어떠한 세월의 무게도 견딜 듯한

듬직한 석가래. 우리와는 사뭇 분위기가 달랐지만 부처가 모셔진 제단 등이 조금 전의 실망감을 일시에 날려버렸으며 외부와는 차단된 다른 세상에 들어선 느낌이었다.

법당 맞은편 벽면에는 망자들의 위패와 흑백사진들이 오밀조밀하게 붙어 있었다. 사진은 모두 명함 정도의 크기였으며 일부는 위패나 이름조차 없이 사진만 남아 있었다. 정확한 수를 가늠하기 힘들 정도로 벽면 전체에 타일처럼 붙어 있는 사진들은 그들의 온화한 얼굴과 흑백사진의 단아함 때문에 마음을 평온하게 해주었다. 대부분의 사진들이 유난히 젊었으며 단정한 모습이었다.

그들은 어떻게 왔다가 어떻게 떠나갔을까. 그들이 믿었던 불교의 교리대로라면 그들 모두는 어떠한 모습으로든 이 땅에 다시 태어나 윤회했을 것이다. 들짐승이나 땅속의 벌레로든 혹은 사람으로든, 그들은 이 세상 어딘가에 존재하는 것이다. 그렇다면 이미 세상을 떠난 그들이지만 이 시대에 우리와 함께 공생하는 존재들일 수도 있는 일이다. 우리는 그들을 망자라고 부르지만 지금 우리와 함께 같은 하늘의 공기를 호흡하고 있을지도 모르는 그들. 생각이 거기에 미치자 법당 벽면에 붙박여 있는 그들의 모습을 보면서 새삼 삶과 죽음의 경계가 너무도 모호하게 느껴졌다.

바로 그때였다. 스포츠형의 짧은 생머리와 조금은 냉소적인 눈매의 한 사진 앞에서 무릎 관절이 골다공증 환자처럼 힘없이 꺾이며 헉! 하는 짧은 신음을 입 밖으로 토해내고 말았다. 사진과 나는 전류처럼 교감하고 있었다. 내 자신도 믿을 수 없는 일이었다. 마치 꿈속에서, 멀쩡히 살아 있으면서 자신의 영정을 바라보고 있는 느낌이었다. 나는 살아 있다고, 나는 죽지 않았다고 소리치고 싶었지만 가위에 눌린 사람처럼 입이 벌어지지 않았다. 그것은 어쩌면 전생이라는 것이 있다는 믿음도 없이, 전생에 내가 베트남에서 태어났다는 것을 알아버리고 만 충격이었는지도 모르겠다.

그 사진이 지금 나의 모습과 같다고 볼 수 없었음에도 나는 그가 전생의 나였다고 직감했다. 진정 윤회는 존재하며 나는 베트남 어느 시골에서 한 생을 살았던가. 알 수 없는 일이지만 온몸에 경련이 일어날 정도로 충격적이었다.

나는 이 일을 아무에게도 발설하지 않았다. 너무도 조심스러웠기 때문이다. 그러나 원고를 작성하면서 특이한 경험을 하고 말았다. 원고가 마무리되기 직전 모니터에서 일시에 원고가 사라져버렸다. 다시 원고를 작성하면서 도대체 사라진 원고들은 어디로 간 것인지 궁금하지 않을 수 없었다.

베트남 호치민에서

박물관 석판에 쓰인 옛 문자는 너무 아름다웠다. 청동으로 만들어진 북도 신기했고 비단 또한 훌륭했다. 진열장에 진열된 수백 개의 불상 중에는 크리스털로 만들어진 유물이 가장 많이 눈에 띄었다. 크기는 비록 작았지만 매우 정교하고 세련된 것들이었다. 크리스털로 만들어진 불상 일부는 금판으로 옷을 입히거나 머리에 장식을 올리기도 했으며 황금보좌를 만들어 앉힌 불상도 있었다. 대검의 칼집과 손잡이들도 너무 섬세하고 정성이 가득했으며 금은 세공기술의 극치를 보여주고 있었다. 작고 뾰족한 도구를 두드려 일일이 문양을 새겨넣은 수제품들에는 장인정신이 가득했다.

왕비의 침실은 넓은 공간에 침대와 화장대, 서랍장, 유리장식장 등이 적당한 간격을 두고 배치되어 있었다. 적갈색의 모든 가구들은 너무 모던하고 심플해서 현대 작가의 작품들을 감상하는 듯한 착각이 들 정도였다. 장식을 철저히 배제한 채 곡선미보다는 과감한 직선을 활용한 디자인들은 왕의 침실에서도 그대로 적용되고 있었다. 단지 곡선이 강조된 코끼리 형상이 몇몇 소품에 포함되어 있다는 것이 차이라면 차이였다.

그러나 박물관의 많은 유물들 중에서 정작 마음을 빼앗긴 것은 따로 있었다. 고대 벽화처럼 문양이 퇴색된 목재가구 몇 점. 그림이 손실되기 전의 문양을 정확히 파악할 수는 없었지만 사람의 형상이 포함되어 있는 것은 분명했다. 보존 상태가 열악했지만 낡고 흐릿한 문양에서 오히려 신비감과 고풍스러움이 더했다. 뚜렷하지 않은 문양이 더 많은 상상력을 발동시키고 있었던 것이다.

왕궁박물관은 한때 이 도시를 호령하던 마지막 왕의 거처였던 왕궁을 개조한 박물관이다. 1904년에 건설이 시작되어 약 20년에 걸쳐 완공되었다고 하니, 루앙프라방 란쌍 왕조의 역사에 비하면 왕궁의 건립년도는 그리 오래된 것이 아닐 수도 있다. 마지막 왕은 사회주의 혁명의 성공과 함께 왕정이 폐지되면서 왕궁에서 쫓겨났다고 한다. 그와 선대 왕조들이 수집하고 소유했던 많은 물건들을 고스란히 남기고 정글 속으로 밀려나야 했던 마지막 왕은 어떤 시각으로 삶을 바라보고 있을지 사뭇 궁금하지 않을 수 없었다.

박물관 출구 거실에는 아폴로 우주선에 실려 달까지 다녀왔다는 8절지 크기의 라오스 국기가 진열되어 있었고 그 옆으로는 병아리 같은 햇살이 길게 드러누워 있었다. 나는 그

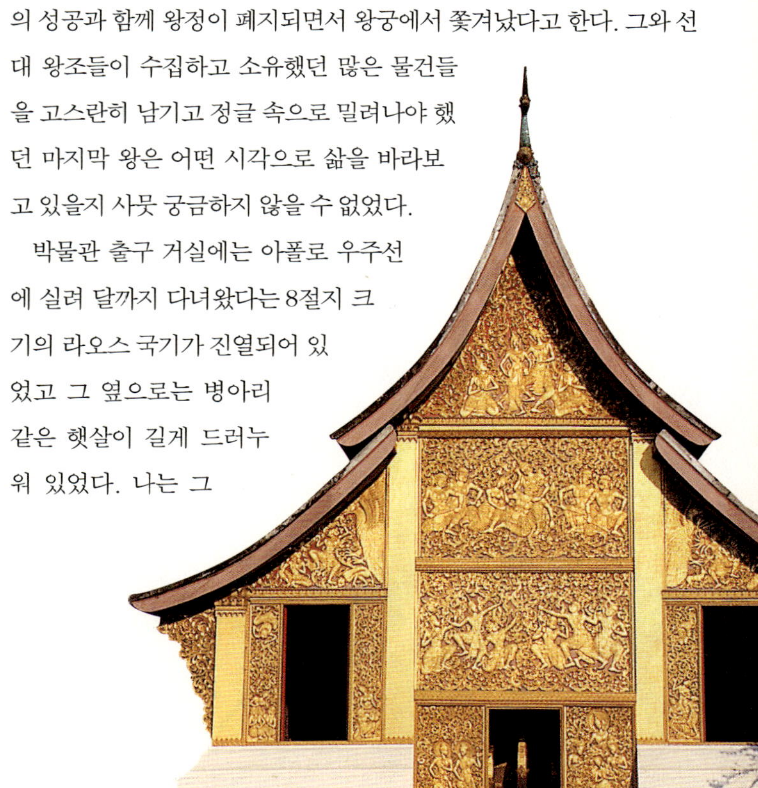

햇살을 밟으며 밖으로 나왔다.

아시아에서 가장 아름다운 사찰 중 하나로 알려진 왓마이사원으로 걸음을 옮겼다. 이곳의 사원들이 아름다운 이유는 웅장함이나 거대함 때문이 아니다. 사원을 빛내는 것은 자연스러운 굴곡과 함께 벽면, 기둥, 천장 등에 일일이 새겨진 금박과 은박 문양 때문이다. 문양들은 검은색이나 붉은색 바탕 위에 새겨져 있으며, 흑적금은黑赤金銀 이 네 가지의 자연스런 조합과 수백 가지의 문양이 어우러져 작지만 아름다운 사원이 만들어진 것이다. 타일 크기의 납작한 기와도 라오스 사원만의 독특한 건축 양식을 보여주는 것이며 색유리 조각들로 모자이크된 벽면들도 여느 동남아 국가들의 사원과는 다른 분위기였다.

사원에서 친절한 학승을 만났다. 대웅전의 문도 열어주고 내부에서 사진을 찍을 수 있도록 허락도 해주었다. 그것은 허락이라기보다는 괜찮으니까 찍으라는 독려와도 같았다. 그리고 그 학승은 헤어지기 전 나에게 태국을 방문할 것인지 물었다. 나는 베트남과 캄보디아를 거쳐 태국으로 갈 예정이었다. 학승은 나에게 자신의 주소와 자신의 공부에 필요한 영어문법책 제목을 함께 적어주었다. 태국에 가면 쉽게 구할 수 있을 것이며 만약 그것이 없으면 그것을 대신할 수 있는 다른 책의 제목까지 친절히

알려주었다. 여기서는 그 책을 구하기도 힘들고 구할 수 있다 해도 자신에게는 그런 돈이 없다고 했다.

그러고 보니 저쪽 서양 여행자에게도 다른 학승이 친절을 베풀고 있었다. 나는 엉뚱하게도 그의 설명을 들으며 딴 생각을 하고 있었다. 박물관에 유품을 남기고 인민 민주공화국 정부에 의해 북부 라오스로 추방되었다던 왕과 왕족을 생각했다. 한때 이곳을 호령하며 군림하던 그와 그의 후손은 더는 존재하지 않는다. 깊은 산악지대로 쫓겨난 그에게 보석과 장식품, 불상과 값진 가구들은 어떤 의미가 있을까. 삶을 묻기에는 그가 적격이라는 생각이 들었다.

사원을 나와서 강을 따라 걸으며 숙소로 돌아왔다. 강가에 일군 밭에 물지게로 물을 나르는 농부들이 보였다. 삶은 농부의 어깨에 걸린 물지게만큼이나 버거운 것. 우리가 소유한 것은 아무것도 영원할 수 없으니 오히려 강을 흐르는 물줄기만이 변함없으며 바람에 쓰러지는 들풀만이 나고 지고 영원할 뿐이다.

나는 잘 간직하고 있던 학승의 메모를 어느 강변 카페에서 무심하게 찢어버렸다. 학승이 나에게 주소와 책제목을 적어줄 때 건너편 건물에서 또다른 여행자를 붙들고 서 있던 다른 학승을 기억하면서. 어이없게도 나는 그들의 행위를 배신이라고 단정해버렸다. 그들의 바람이 그토록 애절한 것이라고 말하기에는 그들 소망이 너무 남발되고 있었던 것이다. 이기적이긴 하지만 나는 나의 선의가 좀더 간절한 곳에 사용되기를 희망했다. 갈등이 없었던 것은 아니다. 소망을 남발하던 학승처럼 나 역시도 성찰을 가장한 고민을 끊임없이 남발하고 있었기 때문이다. 사유의 사치.

하지만 종이를 찢으면서 나는 자유로웠다. 가장 나답다고 생각했으며 그래서 행복했다. 그 책값이 얼마인지 나는 알지 못한다. 착한 여행자 덕에 그 학승은 필요한 영어문법책을 받았을 것이다. 그렇지 못했다고 해도 나와는 상관없는 일. 그에게는 문법책 하나가 아쉬운 삶이 있는 것이고 나에게는 오늘 저녁도 몇 만 원의 술을 마시는 방탕한 삶이 있는 것이다. 그의 친절이 책을 위한 거짓이었다고 비하할 수 있는 잘 나빠진 현명함이 있으며 술을 마시고 그들에게 용서를 구하며 눈물을 흘릴 수 있는 뻔뻔함도 남아 있다. 어디 그뿐인가. 인생에 대해서 너무 많은 것을 알고 있다는 어처구니없는 오만함과, 수집품을 남겨두고 정글로 쫓겨난 마지막 왕을 들먹이며 삶은 새옹지마라는 조잡한 깨달음을 주절댈 만한 구차함까지……. 나는, 나는…….

라오스 루앙프라방에서

메단이 나에게 보여준 첫인상은 배짝오토바이를 개조해서 만든 일종의 택시들이 내뿜는 심한 매연과 상상을 초월하는 굉음들뿐이었다. 소음기를 제거한 듯한 배짝들은 M60의 자동발사 속도처럼 빠르고도 날카롭게 고막을 진동시켰다.

거기 메단에서 볼거리라고는 단 두 곳뿐이었다. 하나는 1888년에 지어진 '메이스펠리'이며 다른 하나는 검은색 돔을 가진 '메스지드라야'였다. 메이스펠리는 건축주 델리 술탄의 후손들이 건물 일부에서 생활하며 일반인에게 공개하고 있는 곳이었다. 너무도 볼 것 없는 그곳에 들어섰을 때 눈썹이 하얗게 센 소음인 체형의 노인이 다른 여행자의 기부금 장부를 보여주며 노골적으로 기부금을 요구했다. 액수는 자율임을 강조하면서도 기부는 필수라고 했다. 장부의 진위 여부도 의심스러웠지만 지나가는 여행자의 기부금이라고 믿기에는 너무 많은 액수가 적힌 장부와 친절을 가장한 강요가 몹시 불쾌했다.

고액이 적힌 기부금 장부는 여행자의 자존심을 건들면서도 이성적인 기부금 액수를 결정할 수 있는 판단력을 흩트리기 위한 술책에 불과했다. 하지만 사실 그 순간 위에 적힌 고액들을 의식하지 않을 수 없었고 얼마를 기부해야 할지 난감했다. 불쾌해서 관람을 포기하고 그냥 나가버릴까도 생각했으나 그것처럼 바보 같은 짓도 없을 뿐더러 그것이야말로 자존심 상하는 일이라는 생각이 들었다. 그래서 나는 이렇게 물었다.

"당신이라면 얼마를 내고 이곳을 관람하시겠어요?"

"……"

나의 기습적인 질문에 말 잘하던 노인은 당황하는 기색이 역력했다. 대답을 잘못했다가는 스스로의 함정에 빠질 수 있는 상황이었기 때문이다. 물론 기부금이란 관람의 대가는 아니다. 하지만 강요에 의한 무조건적인 기부라면 이미 기부금이란 의미는 상실했다고 봐야 할 것이다.

나는 얼굴이 벌게진 노인에게 다른 도시에서 동급의 건축물을 관람

할 때의 입장료에 준하는 금액보다 조금 적은 돈을 내밀었다. 그 정도라면 노인의 괘씸죄에 대한 대가로 충분하다고 생각했다. 그러나 노인은 장부에 기록할 기회도 주지 않고 '땡큐' 대신 '오케이'라고 말하고는 돌아서버렸다. 나는 노인을 불러 장부를 요구했고 그곳에 나의 이름과 내가 기부한 금액을 적어넣었다. 내가 적은 액수는 다른 여행자에 비하면 몇 십 분의 일에 불과한 액수였지만 나의 기부금도 당당한 기부이며 다른 여행자들에게 이 정도의 기부금도 있다는 것을 보여주고 싶었다. 그러나 짐작컨대 고액의 기부금만이 적힌 장부로 다른 여행자들에게 무언의 압력을 행사하려는 노인은 내가 돌아서자마자 나의 기부금이 적힌 페이지를 찢어냈을 것이다.

같은 거리에 있는 메스지드라야 역시 도시의 분위기에 비해서 깨끗하다는 것과 건물이 조금 크다는 것 이외에는 여느 이슬람사원들과 별반 다르지 않았다.

그러고 보면 메단에 도착한 첫날도 이 도시는 나에게 좋은 인상을 주지 못했다. 베라완에서 출발한 여행사 버스는 대여섯 명의 외국인 여행자를 제외한 대부분의 승객들이 현지인이었다. 버스는 메단에 도착해서도 손님이 원하는 곳이면 어디든 정차를 하고 있었다. 그러나 메단에 대한 정보가 부족했던 나는 다른 외국인 여행자들이 내리는 곳에서 함께 하차할 생각이었다.

승객은 점점 줄어들었고 버스가 한 모스크 앞에서 정차했을 때였다. 뒤쪽에서 걸어나온 차장이 운전석 옆에 서더니 여기가 종점이라며 모두 내리라고 했다. 사람들은 위치 파악을 위해서 약간 우왕좌왕하는 분위기였고 나는 종점이라는 말을 듣고 아무 생각 없이 배낭을 들고 버스에서 내렸다. 나를 따라 내린 차장에게 돌아갈 때는 어디서 버스를 타야 하는지 물었지만 그는 대답을 제대로 하지 못했다. 그 사이 버스는 차장까지 남겨두고 출발했고 하차한 승객은 나 혼자뿐이었다. 승객의 하차를 돕기 위해 나와 함께 내린 것으로 생각했던 그는 차장이 아니라 배짝 기사에 불과했다. 버스가 정차했을 때 뒷문으로 승차했던 것인데 배짝 기사가 버스에 올라탈 것이라고는 상상도 못했던 나는 그를 당연히 버스 차장으로 여겼던 것이다.

도대체 이곳이 어디며 여행자를 위한 숙소가 이 넓은 도시 어느 구석에 처박혀 있는지도 알 수 없는 일이었다. 머리끝까지 화가 치밀었지만 너무 황당해서 아무 말도 할 수가 없었다. 나의 표정으로 사태를 파악한 배짝 기사는 애초의 목적이었던 자신의 배짝을 이용하라는 호객도 못하고 슬금슬금 내 눈치만 살피고 있었다. 나는 너무 화가 나서 그 기사를 보내고 걸어서 숙소를 찾아나섰다. 그리고 이 넓은 도시를 두 바퀴나 돌고서야 숙소를 찾을 수 있었다. 물론 이 도시를 와보지 않고 만든 것이 틀림없는 가이드북의 엉터리 약도가 큰 원인이었으며 이래저래 이 도시에 정이 떨어진 상황이었다.

정도 떨어지고 볼 것도 없는 도시. 이 도시에 더 머무를 만한 매력을 느끼지 못했기 때문에 떠나기로 했다. 다음날 교통편을 예약하고 숙소로 돌아가는 길이었다. 조금 전 겉모습만 대충 훑어보았던 이슬람사원을 다시 지나치게 되었고 아까는 보지 못했던 사원 뒤편의 공동묘지가 시야에 들어왔다. 틈틈이 잡풀들이 자라 있고 많은 묘석들이 쓰러진 채 방치된 낡은 공동묘지였다.

무언가에 끌렸는지 알 수 없지만 나의 발걸음은 이미 공동묘지 안에 들어서 있었고 그 많은 묘석들을 하나하나 살펴보고 있었다. 다닥다닥 붙은 묘석들과 걸어다닐 통로조차 제대로 없는 비좁은 공동묘지. 나는 수풀로 우거진 정글의 탐험가처럼 불편한 자세로 걸음을 옮겨다니고 있었다. 묘지들 중에는 새로 단장된 것들도 있었지만 대부분은 오래도록 주인 없이 방치된 모습들이었다. 그중에는 20년의 짧은 삶을 살다 간 사람도 있었고 70~80년을 넘게 장수한 사람들도 있었다.

공동묘지 밖에서 놀고 있던 한 사내아이가 나를 발견하고는 날렵한 동작으로 담을 넘어 내게로 왔다. 그러고는 말도 통하지 않는 나의 손을 이끌고 공동묘지 한쪽으로 걸어갔다. 아이가 손가락 끝으로 가리킨 묘석에는 낯선 발음의 일본인 이름이 새겨져 있었다. 아이는 나를 일본인 여행자로 생각했던 것이고 나에게 이 낯선 땅에서 잠든 동족이 있음을 알려주고 싶었던 것이다. 나는 일본인은 아니었지만 같은 이방인이란 동질감 때문이었는지 기분이 묘했고 마음이 무겁기도 했다. 저 일본인은 어떤 연유로 이 낯선 땅에서 잠든 것일까. 일본인이 이렇게 먼 곳에서 잠들었다면 필시 무슨 사연이 있었겠지만 누구에게 물을 수도 없는 일이었다. 억울한 죽음을 밝혀주기라도 한 것처럼 진지한 표정으로 나의 얼굴을 올려다보던 아이에게 고맙다는 인사를 하고 발걸음을 돌렸다.

공동묘지를 걸어나오면서 그런 생각이 들었다. 참 많이도 죽는구나. 정말 많은 사람들이 떠나가고 있구나. 나처럼 한때는 이 도시를 걸어다녔을 그들. 그들은 그렇게 떠나갔고 나는 이렇게 남은 것이다. 간혹 빈자리에서 자라나는 유독 많은 잡초들. 언젠가는 잡초 무성한 그 자리에 내가 혹은 누군가가 자리할 것이고 많은 시간이 지난 뒤 나처럼 이방인이 무심하게 이곳을 지날지도 모르는 일이다.

허무하게 낡아가는 묘석들처럼 삶이란 결국 그런 것인가. 공동묘지를 걸어나오는 나의 발바닥은 자석의 음극과 양극처럼 땅바닥에 밀착되어 걸음걸이가 부자연스러웠다. 잘 정비된 한 묘석 앞에서 나는 더욱 충격을 받았다. 그의 사망년도가 1966년이었기 때문이었다. 그는 1917년에 태어나 49년의 길지 않은 삶을 살다가 1966년에 메단이라는 곳에서 세상을 떠났고 그가 세상을 떠난 그해에 나는 서울이라는 낯선 땅에서 태어났다. 1966년! 별과 나와의 거리처럼 몇 억 분의 일만큼의 인연도 없었을 그를 수십 년이 흐른 오늘 이곳에서 이렇게 만난 것이다.

그는 어떤 사람이었을까. 그는 행복했을까. 그의 젊은 날도 나처럼 침울했을까. 무슨 연유로 50도 다 채우지 못하고 그리도 급하게 떠난 것일까. 나는 한 번도 본 적 없는 그를 까닭도 없이 매정한 사람이라고 단정해버렸다.

　누구에게나 찾아오는 죽음이지만 우리 모두는 죽음을 망각하며 살고 있지 않은가. 망자가 가져가는 것은 누런 수의뿐이다. 살면서 소유하기 위해 발버둥쳤던 그 어느 것 하나 망자가 가져갈 수 있는 것은 없다. 수의에는 주머니가 없기 때문이다. 그렇게 아무것도 소유하지 못하고 떠날 것이라면 차라리 버리는 연습이 필요하지 않을까. 만약 망자가 가져갈 수 있는 것들이 있다면 그것은 살면서 남에게 나누어준 것들이 아닐까. 살아생전에 나를 위해 챙긴 것들이 아니라 남을 위해 베푼 것들만이 주머니 없는 수의를 입고도 망자가 가져갈 수 있는 것들이리라.

　오늘도 그의 무덤에는 누군가 붉은 꽃을 뿌려놓았다. 나 떠난 수십 년 후에도 내 무덤을 찾아와 고운 꽃을 뿌려줄 사람이 있을까. 달빛에 더욱 아름다운 하얀 소국 한 다발이라도. 그럴 수만 있다면 차가운 저 땅 속에 누워서도 눈물을 흘릴 수 있지 않을까. 나 죽어서 더욱 행복하다고.

인도네시아 메단에서

بسم الله الرحمن الرحيم
اللهم اغفر له وارحمه وعافه وعف عنه
TUANKU ISKANDAR
BIN TUANKU MAHMUD IDI
LAHIR : 19 - 12 - 1917
WAFAT : 24 - 12 - 1966
DI MEDAN

# 타버리면

아침은 어제 오후에 보았던 노상에서 바게트로 먹기로 했다. 버스를 타고 얼핏 지나면서 보았지만 꽤 맛있어 보였기 때문이다. 7시 30분이면 여행자에게는 제법 이른 시간이다. 바게트 하나 먹으러 가면서 맞선이라도 보는 사람처럼 샤워하고 로션 바르고 반듯하게 옷까지 차려입고 길을 나섰다. 그러나 10여 분을 걸어서 찾아간 그곳은 노상이 아니라 버젓한 가게였다. 어제 나는 가게 앞에 내놓은 좌판만을 보았던 것이다.

여행자의 직감은 대단한 것이었다. 바게트로 만든 샌드위치는 내 생애 최고의 맛이었다. 이전은 물론이고 이후에도 이렇게 맛있는 바게트 샌드위치를 또 맛볼 수 있을지 의문이 들 정도였다. 맛있는 바게트 샌드위치의 비결은 바게트를 가르기 전 은근한 숯불에 잘 구워내는 것에 있었다. 그 과정을 통해서 딱딱하거나 질기지 않고, 바삭하고 고소한 바게트가 만들어지는 것이다. 거기에 속까지 알차게 채워넣으니 금상첨화. 어찌나 맛있던지 라오스를 떠나는 마지막 날에도 바게트 하나 먹을 값만은 남겨두고 라오스 화폐를 사용했다.

식사 후 독립기념문을 들러 파탓루앙까지 걷기로 했다. 독립기념문은 한마디로 '100미터 볼거리'에 불과했다. 멀리서 보면 웅장하고 그럴듯해 보이지만 가까이 갈수록 기가 막히는 건축물. 덩치만 컸지 마무리도 제대로 안 된 조악한 시멘트 기념물이었다. 파탓루앙은 생각보다 멀었다. 샌들과 바지가 엉망이 되었다. 중심도로를 벗어나면 태반이 비포장도로인 이 도시의 걷기는 흙먼지가 너무 많아서 포장도로까지도 비포장도로처럼 변해버렸다. 가로등이 부족한 시내의 밤길을 걷고 있을 때는 자동차 전조등에 비친 흙먼지가 마치 안개 낀 날처럼 보일 정도다.

파탓루앙을 얼마 남겨두지 않은 지점, 인도 우측의 낮은 담 너머로 그 흔한 또 하나의 사원이 보였다. 무관심하게 지나칠 사원이었지만 담장이 끝나는 곳에서 보았던 사원 뒷마당의 모습이 나의 발걸음을 되돌려놓았다. 나는 오던 길을 돌아가 사원 안으로 들어섰다.

1미터 높이의 콘크리트 울타리가 쳐진 네 개의 제단은 화장터였다. 세 개의 단에는 깨끗한 장작이 가지런히 쌓여 있었지만 나머지 한 개의 단에는 열기가 식지 않은 채 타고 남은 재가 깔려 있었다. 아직도 온기가 남아 있건만 망자의 가족들은 어디로 사라진 것일까. 아무렇게나 널브러진 몇 개의 그릇과 다 타지 못한 향. 그리고 삽과 갈퀴. 바나나 잎을 엮어 장식한 노란 꽃은 시들어버린 채 쓰러져 있었고 마당 한쪽에 잘 재어놓은 제법 많은 양의 장작 옆에선 한 노승이 담배를 피우고 있었다.

나는 남은 재를 보면서 생각했다. 오늘도 한 명이 우리 곁을 떠나갔군. 바람 많은 날 회색빛 재는 먼지로 떠올라 흙으로 돌아가겠지. 내가 걸어온 길에서 이리 구르고 저리 구르던 흙먼지 중에도 몇은 섞여 있었겠지. 어쩌면 오늘 아침 내가 먹은 바게트 위에도 티끌 몇 개쯤은 내려앉아 있었겠지.

아직도 따뜻함이 느껴지는 회색빛 재를 보면서 비엔티안의 흙먼지 속에 떠다닐 누군가의 넋들을 떠올려보았다. 다시는 올 수 없는 길을 간 그들은 어떻게 살아왔던 것일까. 타버리면, 죽으면 더는 인간으로서의 존엄성은 존재하지 않는다. 사랑하는 사람들의 기억에 잠시 남았다 그저 길바닥의 티끌처럼 사라질 뿐이다. 그보다 덧없는 일이 또 있을까.

다시 길을 걸었다. 주인이라도 기다리듯 잘 마른 장작이 가지런히 쌓여 있던 나머지 세 개의 단. 나도 언젠가는 그 위에 굳은 몸을 누일 날이 올 것이고 내 주검은 내가 살아온 인생보다 더 활활 타오르겠지. 그때 난 미련없이 떠나갈 수 있을까. 여행을 떠날 때 배낭을 걸치던 마음으로 누런 수의를 입을 수 있을까. 눈물없이 담담하게 그 길을 갈 수 있을까.

낮은 각도로 형성된 언덕길 멀리 파탓루앙의 황금 첨탑이 보이기 시작했다.

라오스 비엔티안에서

누가
이들은
울지 않는다고
했던가

여행자에게는 입장 자체가 허락되지 않는 성스런 힌두사원 파슈파티나트Pashupatinath. 이곳에서 죽음을 맞이하는 것을 가장 경건한 일로 여기는 힌두인들은 '때'가 되면 이곳에서 삶의 남은 끝자락을 보내기를 소원한다고 했다. 1500년이 넘는 전통을 간직한 사원 옆에는 인도의 갠지스까지 흘러갈 바그마티Baghmati강이 흐르고 있었고 강가의 제단에서는 모두 타들어간 망자 하나가 검은 숯덩이로 변해 있었다. 화장터. 나는 왜 또 이곳으로 온 것일까.

깨끗이 닦인 새 제단에서는 또다른 망자를 보내기 위해 가족들이 장작을 쌓고 있었다. 그러나 다 쌓은 장작은 모양이 어설퍼서 다시 헤쳐 내려야만 했다. 사랑하는 가족을 보낸다는 것은 장작을 쌓는 것만큼 서툰 일일 것이란 생각이 들었다. 머리를 삭발한 상주는 충혈된 눈으로 강가에 쭈그려 앉아 있었고 장례의식에 참여하지 못하는 여인들은 대기소의 격자 철장 너머에서 끝없이 눈물을 흘리고 있었다.

하얀 천과 금빛 비단으로 덮인 망자. 그 옆에는 둥글게 말아놓은 꽃다발이 정갈하게 놓여 있었다. 장작은 옹이 박인 늙은이의 손마디처럼 단단하게 다시 쌓였고 망자를 받쳐든 세 명의 남자는 장작 주변을 시계방향으로 몇 바퀴 돈 후 조심스레 내려놓았다. 이윽고 머리맡에 향이 피워졌고 가족들은 망자의 마지막 모습을 보기 위해 주검을 덮었던 천의 일부를 열었다. 얼굴에 온통 붉은 분을 바른 망자. 가족들은 다시 오열하기 시작했다. 누가 이들은 울지 않는다고 했던가. 그들의 눈물은 이내 강이 되어버릴 것 같았고 나와는 무관한 죽음일지언정 담담하게 그들을 바라보는 것은 불가능한 일이었다. 그토록 슬퍼하는 가족을 두고 그는 어떻게 눈을 감았을까. 남은 이들에게 그렇게 큰 슬픔을 안겨주다니, 몹쓸 사람.

잘 마른 볏짚이 덮어졌고 장작에 불이 지펴졌다. 그러자 어디선가 기다렸다는 듯 나타난 맨발의 걸인은 유족들로부터 죽은 이의 옷을 얻어갔다. 낡았으나 깨끗이 세탁되어 잘 개어진 옷들이었다. 떠나는 자의 마지막 선행. 걸인이 한보따리의 옷을 챙겨간 뒤 남은 것은 낡은 슬리퍼 한 켤레뿐이었다. 낡은 슬리퍼는 맨발로 살아가는 걸인에게마저 필요없는 물건인가보다. 하지만 한보따리의 옷을 챙겨가면서도 자신에게 필요없는 슬리퍼는 버려두고 가는 그를 보면서 우리의 삶은 끝내 주관적이고 자기중심적일 수밖에 없다는 생각이 들었다.

불은 쉽게 타오르지 않았다. 곳곳에 야크 기름을 뿌리고 자잘한 장작을 틈틈이 박은 후에야 꺼질 듯 불안했던 불씨가 다시 타오르기 시작했다. 이제 미련을 버렸다는 듯 찬란하게 타오르는 불꽃을 보면서 삶이 참으로 덧없어 보였다. 그토록 허무하게 떠나고 마는 것을 우리는 무엇을 소유하기 위해 이토록 발버둥치는 것일까.

주검이 거의 타들어갈 무렵 망자의 아들로 보이는 세 명의 상주는 한쪽 구석에서 겉옷은 물론 속옷까지 하얀 천으로 갈아입고는 허리에 하얀 끈을 동여매고 머리에는 하얀 두건을 썼다. 그들을 도와주는 노인은 마주서서 말로만 이끌어줄 뿐 그 누구도 상주의 몸에는 손을 대지 않았다. 그들의 장례 격식이 여느 장례와는 다르게 느껴졌는데 알고 보니 그들은 힌두교의 가장 높은 카스트인 브라만들이었다. 그렇게 하얀 천으로 온몸을 감싼 그들은 화장터를 떠나 강을 따라 멀리 사라졌다. 아마도 그런 복장을 한 채 집으로 돌아가는 것이 그들 장례의 마지막 절차인 모양이었다.

이미 해는 지고 어스름한 푸른빛이 낮게 깔려 있었고 나 역시 그곳을 떠나기 위해 강가의 다리를 막 건너려고 할 때였다. 화장터에 이제 막 도착한 주검 하나가 있었다. 놀랍게도 들것을 들고 있던 사람들은 모두 십대의 아이들이었다. 그 뒤를 따르는 몇 명의 아이들 역시 열아홉을 넘지 않아 보이는 어린아이들뿐이었다. 아이들은 화장하는 장소인 제단 쪽으로 향하지 않고 들것을 강가에 내려놓았다. 그리고 망자를 덮었던 낡은 천의 일부를 걷고 두 손으로 강물을 떠다 망자의 얼굴에 뿌렸다. 직감적으로 화장할 돈이 없는 거리의 아이 하나가 세상을 떠난 것이라고 생각했다. 비단에 덮여 있던 브라만의 장례와는 대조적인 모습 때문이었다. 하지만 낡은 천 속에 누워 있던 망자를 보고 나는 다시 놀라지 않을 수 없었다. 붉은 승복을 입고 있었기 때문이다. 머리가 아찔해졌다. 순간 사두<sub>구도 생활을 하는 힌두교인</sub>는 화장하지 않는 것이 힌두교의 전통이라는 이야기가 생각났다.

그들이 들것을 들고 사원의 일부인 계단을 이용하려 하자 누군가 저지했고 기죽은 아이들은 아까 브라만의 상주들이 흰 옷을 입고 사라진 강가를 따라 어디론가 이동했다. 나는 미행하듯 뒤를 따랐다. 그들은 강을 지나 좌측 산기슭으로 사라졌다. 하지만 허름한 철조망을 넘어가는 그들을 끝까지 따라가지는 않았다. 몇몇 아이들 손에 들린 삽을 보면서 그 망자가 땅에 묻힐 것임을 알 수 있었기 때문이다.

그들이 사라진 산기슭 맞은편 구멍가게에서 일하던 청년이 말했다.

"그는 수도자예요. 그래서 화장을 하지 않죠."

"가족은 어디 있죠?"

"출가하면 그 순간부터 가족과 인연을 끊어요. 물론 가족이 있을 수도 있지만 어쩌면 그의 가족은 멀리 산골에 살지도 모르죠."

청년은 복사판 티베트음반을 구입하라고 호객했고 내가 몇 장의 음반을 골라 가격을 흥정하고 있을 때 산으로 들어갔던 아이들이 빈 들것을 들고 돌아왔다. 사실 몇 자루의 삽으로 망자를 제대로 묻을 것이라고는 기대하지 않았지만 그래도 그들이 되돌아온 시간은 너무 짧았다. 그들이 산에서 머문 시간으로 보아 묻었다기보다는 흙으로 덮어놓고 돌아왔을 것이 틀림없었다. 더욱이 그들은 땅을 파기에는 힘이 부치는 아이들이 아닌가. 우기에 비가 내리면 덮인 흙은 모두 씻겨나갈 것이고 어쩌면 그 이전에라도 날짐승이나 냄새를 맡은 동네 개들이 흙을 파헤치고 주검을 손상시킬 가능성이 높았다.

내가 고른 음반의 상태를 확인하기 위해 틀어놓은 오디오에서는 옴마니밧메훔이란 불심 가득한 노래가 반복해서 흘러나오고 있었고 나는 단돈 10루피를 깎기 위해서 청년과 지루한 흥정을 계속하고 있었다. 그러나 지금은 10루피를 깎기 위해 애쓰고 있는 나도 언젠가는 산에 들려간 망자처럼 버려지거나 장작 위에서 활활 타버린 누군가처럼 흔적도 없이 사라질 것이다. 그런 생각을 하니 괜히 나의 흥정이 부질없는 짓 같았다.

　도시로 돌아오는 삼륜택시를 타기 위해 화장터를 다시 지나쳐야 했다. 아직도 주검을 태우는 불꽃 하나가 꺼지지 않고 있었다. 어두워진 강가에는 오로지 장작의 불빛만이 세상을 비춰주는 듯 했다. 왜 구도를 위해 속세를 버린 자의 죽음이 더욱 초라한 것일까. 가족의 애도도 없고 아이들의 손에 의해 버려지다시피 한 망자. 물론 죽음이란 그 형식을 떠나서 똑같은 의미를 지니고 있다고 볼 수도 있겠지만 오늘 목격한 두 개의 죽음은 사는 것만큼이나 미스터리한 것이 죽음이란 것을 말하고 있었다.

네팔 카트만두에서

# 나비가 된 영혼들

밤새 내린 비 때문에 비포장도로로 곳곳이 웅덩이져 물이 고여 있었다. 시내에서 킬링필드Killing Field까지는 자전거로 1시간 거리. 제법 먼 길이었지만 오토바이택시보다 손수 운전하는 자전거가 편할 듯싶었다. 가는 동안 프놈펜 외곽의 시골 풍경을 좀더 가까이 느낄 수 있다는 장점은 물론이고 오토바이택시를 이용할 경우 킬링필드를 돌아보는 동안 밖에서 기다리는 기사를 전혀 배려하지 않을 수 없었기 때문이다.

길을 찾는 것은 그리 어렵지 않았다. 갈림길도 거의 없었지만 길이 헷갈릴 때는 사람들에게 "킬링필드?"라고 묻는 것만으로 내가 가야 할 길을 안내받을 수 있었다.

1975년부터 1978년까지 단 3년간 캄보디아의 정권을 잡았던 폴포트Pol Pot는 혁명이라는 이름으로 수많은 민간인을 학살했다. 그 수를 적게는 80만 명에서 많게는 200만 명까지 추산하고 있으니 세계사에서 찾아보기 힘든 대량학살이라고 할 수 있을 것이다.

전날 나는 투올슬렝Tuol Sleng에 다녀왔다. 프놈펜 시내의 한 고등학교 건물을 개조해서 만든 일종의 구치소인 그곳은 심문실, 고문실, 유치실 등으로 나뉘어 있었다. 이곳으로 끌려온 사람들은 전직 교사, 약사, 의사, 외국인과 관련을 맺었던 사람, 이전 정권의 관리와 군인 등 주로 지식인들이었으며 심지어는 안경을 썼거나 손에 굳은살이 없다는 이유만으로 끌려오기도 했다. 그리고 크메르루주군이 프놈펜을 점령할 때까지 미처 캄보디아를 떠나지 못했던 외국인들도 예외 없이 이곳으로 끌려와야 했다.

그렇게 끌려온 사람들은 자술서를 통해 무조건 세 명의 이름을 적어야만 했고 그곳에 거명된 사람들 역시 이곳으로 끌려와 다시 세 명의 이름을 적어내야만 했다. 명분도 없이 꼬리에 꼬리를 무는 무차별적인 만행이 그 짧은 기간 안에 대량학살로 이어진 것이다. 이곳으로 끌려왔던 사람들은 수만 명에 이르며 그중에 살아남은 사람은 단 10명<sub>일부 자료에서는 7명</sub>뿐이었다고 한다. 한마디로 투올슬렝은 한번 끌려오면 살아서는 나갈 수 없는 곳이었다.

교실들에서는 아직도 죽음의 냄새가 느껴졌고 그 공포는 나의 발목까지 다가와 있었다. 학생들의 웃음소리 대신에 절규와 비명으로 가득했던 곳. 한 평 남짓한 좁은 방에서 죽음을 기다려야 했던 사람들과 이름도 없이 번호로만 남아야 했던 사람들. 나는 아직도 철봉이 그대로 남아 있는 운동장을 걸었다. 이곳에서 무고하게 사라졌던 사람들이 밟았던 땅을 걸으며 그런 생각을 했다. 우리는 모두 같은 땅을 밟고도 나는 이렇게 자유롭건만 그들은 저 철책을 넘지 못했구나. 하늘은 푸르고 교정에 심겨진 야자수는 높기만 한데 무참하게 세상을 떠난 사람들의 영혼은 오늘도 지천을 헤매고 있구나.

그날 저녁 밤새도록 번개를 동반한 비가 내렸다. 이해할 수 없었던 것은 번개가 친 후 천둥이 뒤따르지 않았다는 것이다. 태어나서 처음 겪는 일이었다. 번개와 천둥은 함께 존재하는 현상이 아니던가. 소리보다 빠른 번개가 친 후 뒤따라야 할 천둥은 어디로 사라진 것일까. 침대에 누워 1초, 2초, 3초 손가락을 구부리며 기다려도 울리지 않던 천둥. 억울하게 세상 떠난 이들의 짓눌린 절규라도 되는 듯 그날 밤의 번개는 천둥이 뒤따르지 않았다. 오직 지붕을 때리는 요란한 빗소리만이 그들의 절규를 대신했다.


시골길로만 이어진 비포장도로는 킬링필드 직전에 제법 큰 마을 하나를 지났고 킬링필드 입구에는 생각보다 초라한 간판만이 있었다. 철책으로 둘러쳐진 넓은 분지에는 잔디밭과 함께 커다란 웅덩이가 여러 개 파여 있었다. 사체가 발굴되었던 곳들이다. 웅덩이에는 '450명의 희생자가 발굴된 곳' '100명 이상의 어린이 희생자가 발굴된 곳' '166개의 두개골이 발굴된 곳' 같은 안내판들이 세워져 있었다. 잔디밭 한쪽에는 희생자들을 추모하는 커다란 유리탑이 설치되어 있었고 내부에는 이곳에서 발굴된 유골들과 발굴 당시 함께 출토된 옷가지들을 그대로 전시하고 있었다. 하지만 이렇게 발굴된 곳은 극히 일부이며 킬링필드 주변에는 아직도 발굴되지 않은 수많은 암매장 장소들이 널려 있다고 한다.

분지 안과 웅덩이 주변에는 아직도 땅속에 묻힌 옷가지의 일부와 뼛조각들이 굴러다니고 있어서 당시의 참혹함을 그대로 보여주고 있었다. 사실 처음에는 아직까지 땅바닥에 옷가지 일부와 뼛조각이 굴러다닌다는 것은 방문객을 위한 이들의 의도적인 배려(?)일 것이라고 생각했다. 이미 발굴을 마친 장소에서 아직까지 이런 것들이 굴러다닌다는 것도 이상한 일이었고 여기저기 눈에 띄는 뼈들도 모양이 너무 익숙해서 동물의 뼈처럼 느껴졌기 때문이다.

하지만 어느 순간 땅바닥에 박혀 있는 작은 조각들을 보고 놀라지 않을 수 없었다. 쓰고 남은 몽당분필처럼 작은 조각들을 보면서 돌조각이 많은 토질 정도로 생각했는데 그것들은 모두 뼛조각들이었다. 발로 땅을 조금만 밀어내도 그런 조각들은 계속해서 나왔다. 사실 그 조각들은 흙과 함께 토질화되어서 유심히 보지 않으면 지나치기 쉬운 것들이었다. 사람들의 발에 밟혀 땅속에 깊게 박힌 그것들이 한번 눈에 띈 후부터는 온통 뼛조각들만 보이기 시작했고 심지어는 손상되지 않은 치아도 어렵지 않게 발견할 수 있었다.

옷이 벗겨진 채 발견된 여자들과 맞아서 죽은 아이들. 심지어는 산 채로 매장되기도 했던 사람들. 단 몇 년의 통치기간 동안 헤아릴 수 없이 많은 사람들이 기회주의자라는 죄명으로 죽어갔다. 자신의 체제에 조금이라도 위협이 될 수 있다는 잠재적 가능성만으로 가차 없이 숙청의 대상으로 삼은 것이다.

나는 킬링필드를 걸으면서 자꾸만 무릎이 시렸다. 그것은 전날 투올

401

슬렝에서 발목 언저리를 맴돌며 나를 긴장시켰던 죽음의 공포와 비슷한 것이었다. 과연 유골들이 안치된 커다란 유리조형물이 그들의 영혼을 달래줄 수 있을까. 그런 위령탑 하나로 그들의 한이 가라앉을 정도로 그들의 죽음은 가벼운 것이었을까.

자꾸만 몸이 뒤틀리는 듯한 기운에 휩싸여 있을 때였다. 아까부터 마음이 불길하고 다급해서 눈길이 미치지 않았던 풀숲에서 무언가 날아다니는 것이 보였다. 그것은 다름 아닌 작은 나비들이었다. 엄지만한, 하얀 나비 노란 나비들이 풀숲에서 날아다니고 있었다. 가만 보니 나비들은 한두 마리가 아니었다. 잡초가 무성한 주변 곳곳에 수많은 나비들이 날아다니고 있었다. 그렇게 보이기 시작한 나비들은 푸른 하늘 여기저기를 날고도 있었다. 정말 아름다운 모습이었다.

나는 전날 밤 그렇게 번개가 치고도 울지 않았던 하늘을 생각했다. 하늘이 뚫린 것처럼 밤새도록 쏟아지던 빗줄기. 만약 그것이 억울하게 세상을 떠났던 망자들의 소리 없는 절규였다면 이 나비들은 어쩌면 고통의 시간을 보내고 새롭게 태어난 영혼들이 아닐까. '한 송이의 국화꽃을 피우기 위해 봄부터 그렇게 울었던 소쩍새'처럼 나비들을 깨우기 위해 하늘은 밤새도록 그렇게 소리 없이 절규했던 것인지도 모르는 일이다. 풀숲 사이 작은 들꽃에 앉은 나비가 있었다. 나비는 다시 날 생각도 않고 오래도록 날개만 비비고 있었다. 마치 고향으로 돌아와 흙냄새를 맡는 뒤늦은 귀향자처럼.

시내로 돌아오는 길은 마음이 한결 가벼웠다. 킬링필드에서 보았던 나비떼들이 세상과 화해하는 영혼들처럼 느껴졌기 때문이다. 슬픈 과거는 정확하게 규명되어야겠지만 반복되지 않는 것이 더욱 중요할 것이다. 다시는 돌아올 수 없는 그들의 영혼이 편안하게 잠들기를 간절히 기원했다.

캄보디아 프놈펜에서

* 흑백사진은 박물관에 전시된 사진을 촬영한 것입니다.

그대,
동으로 흐르는
물에게 물어보라

　내일이면 라오스를 떠날 것이다. 대충 짐을 챙기고 침대에 누웠다. 창문을 통해 들어온 오후의 햇살이 저만치 드러누워 있었고 몸을 움직일 때마다 침대는 삐거덕거리는 신음을 토해냈다. ㅁ자로 꺾인 계단을 통해 1층으로 내려갔다. 소파에 앉아 알아듣지도 못하는 TV에 시선을 고정시켰다. 건너편 소파에 누워있는 숙소 주인은 1분이 멀다 하고 채널을 돌려댔다. 그의 손에 들려 있는 리모컨을 빼앗아 내던지고 싶을 정도로 그의 변덕은 병적이었다.

　밖으로 나가기 위해 소파에서 몸을 일으키려 할 때 현관 밖에서 한 소년이 유리문에 얼굴을 묻었다. 녀석은 실내가 잘 보이지 않았는지 양손으로 눈 주위에 날을 세워 가리고는 얼굴을 바짝 들이밀었다. 그러고는 까만 눈을 이리 굴리고 저리 굴리며 실내를 살펴보고 있었다. 그러나 나의 시선이 먼저 미친 곳은 녀석 옆에 무릎을 꿇고 앉은 녀석의 아버지였다. 그의 눈동자는 초점 없이 돌아가 있었고 허술한 피리를 불어대는 양손은 오래도록 물을 멀리한 손이었다.

　숙소 주인은 여전히 리모컨을 들고 채널을 돌려대고 있을 뿐 그들에게 시선을 주지 않았다. 문밖의 그들도 쉽게 포기하지는 않았다. 눈먼

아버지의 피릿소리는 TV소리와 혼합되어 산소가 희박한 밀폐공간에 방치된 것처럼 나의 가슴을 옥죄었다. 열 살을 겨우 넘겼을 법한 아이. 철없이 응석을 부릴 나이지만 아이는 그 모든 세월을 삭제당하고 생존을 위한 처절한 현실 속에 서 있었다.

무엇보다 나를 힘들게 한 것은 길바닥에 무릎을 꿇고 앉은 아버지의 자세였다. 한 푼의 돈을 위해서는 마지막 남겨진 자존심마저도 버려야 하는 절박한 삶. 그에게는 이미 자존심이 버려진 절박한 삶이 익숙해 보였고, 어쩌면 자존심이란 단어 자체가 그의 삶에선 사치스런 이름일지도 모르는 일이다. 구걸조차도 어린 자식을 앞세우지 않고는 불가능한 아버지. 자식이 보는 앞에서 무릎까지 꿇어야 하는 삶에서 배려해야 할 자존심이 뭐가 있겠는가. 그래서인지 가난한 삶을 물려받은 아이의 인생보다 자식 앞에서 비굴한 삶을 보여주어야 하는 아버지의 인생이 더욱 애처로워 보였다.

얼마만큼의 시간이 흘렀을까. 나는 철저히 방관자가 되었고 승자는 숙소 주인이 되었다. 아이는 소득도 없이 아버지를 일으켜세웠고 아들의 손에 이끌려 옆집으로 걸음을 옮기는 아버지는 절고 있었다. 밖으로 나갔다. 아이와 아버지는 옆집에서도 같은 모습으로 구걸을 하고 있었다. 무릎을 꿇고 앉아 피리를 부는 아버지와 그 아버지의 눈이 되어주어야 하는 아이. 살기 위해 연주되는 피릿소리는 우울했다.

강으로 갔다. 4천 킬로미터를 장구하게 흐르는 메콩강. 누가 저 메콩의 강물 앞에서 세월을 이야기할 것인가. 강변에 앉아 해가 지는 모습을 바라보았다. 저무는 붉은 해. 갑자기 불길한 징조라도 발견한 듯, 일출보다 일몰을 사랑하는 나의 삶이 싫어졌다. 지는 모습보다는 떠오르는 모습이 희망적이지 않을까. 나는 바닥에서 돌멩이 하나를 집어들었다. 아까부터 구석의 쓰레기통에 머리를 처박고 있는 개를 향해 그 돌을 던졌다. 젖이 징그럽게 늘어진 암놈이었다. 돌은 빗나갔지만 놈은 깽! 하는 외마디 비명을 지르고 줄행랑을 쳤다.

그들에게 내일이란 어떤 의미일까. 그들도 나처럼 내일은 오늘과 다를 것이란 희망으로 살아가는 것일까. 라오스의 마지막 밤이다. 핏빛으로 물든 메콩강을 등지면서 난 어느 배낭여행자 숙소의 메모장에 남겨진 글귀를 떠올렸다.

그대, 동으로 흐르는 물에게 물어보라.
헤어지는 마음과 그 물줄기,
어느 게 더 긴가.


라오스 비엔티안에서

　삶은 나에게 다양한 방법으로 가르침을 준다. 때로 그것들은 10편의 영화보다 아름답기도 하고 100권의 책보다 교훈적이기도 하다. 길게 늘어선 삶의 어느 한 순간, 세상 곳곳에 숨겨진 그런 가르침과 진리들을 발견하게 될 때마다 나는 한없이 행복해지곤 한다.

　그 나무를 처음 본 것을 기억해내는 것은 바다를 처음 보았을 때를 기억해내는 것처럼 불가능한 일인지도 모른다. 단지 그 첫 조우가 서울의 어느 식물원 중에 한 곳이었을 것이며 야생에서의 첫 만남은 제주였을 것임에는 틀림없다. 제주를 도보로 여행하기 위해 1인용 텐트와 침낭을 짊어지고 무작정 떠났던 20대의 어느 날. 당시 제주는 내가 갈 수 있는 가장 먼 세상이었으며 그때 나는 가로수로 심긴 야자수의 이국적인 풍경에 적지 않게 흥분했던 것으로 기억한다.

그리고 내가 좀더 자유로워지고 내가 갈 수 있는 세상이 더욱 넓어졌을 때 나는 인위적으로 심긴 것이 아닌 제 스스로 아무렇게나 뿌리내리고 있는 많은 야자수들을 볼 수 있었다. 열대기후라는 지리학적 위치의 산물 자체로 나의 역마살 유전자를 자극했던 나라들. 그러나 1년 내내 여름이라는 것뿐 아니라 맨손으로 밥을 먹거나 귀뚜라미나 쥐를 먹는 것조차도 나에게 더이상 호기심과 문화적 충격을 주지 못하게 되었을 때 그 야자수도 내게 일상 이상은 아니었다.

그런 야자수가 내게 특별하게 다가왔던 것은 수년간 꿈꾸었던 앙코르를 보기 위해 캄보디아의 시엠렙으로 향하는 길에서였다. 프놈펜에서 아침 일찍 출발했지만 중간 기점에서 갈아타야 할 여행사의 미니버스가 약속시간을 지키지 못했다. 때문에 나는 이름을 알 수 없는 시골 마을에 너무 오래도록 방치되었고 몹시 지쳐 있었다. 몇 시간을 기다려도 오지 않는 버스를 무작정 기다릴 수는 없었다. 결국 우리의 버스는

만나기로 한 중간 기착지 마을을 떠나 시엠립을 향해 다시 달리기 시작
했다. 흙먼지도 아랑곳하지 않고 길가에서 손을 흔들던 아이들과 말라
비틀어진 100리엘짜리 파인애플 조각을 팔던 계집아이. 흙탕물에 그
물을 던지던 시골 사내와 씨를 뿌리던 여인들. 길 위의 풍경들은 의미
있었지만 길은 가도 가도 끝이 없었다.

마주 오는 여행사의 미니버스를 만난 것은 수평선이 보일 정도로 길
게 뻗은 비포장도로 한가운데에서였다. 버스는 고장으로 인해 길바닥
에서 오도 가도 못하며 몇 시간을 허비했다고 했다.

시엠립에 도착했을 때는 해가 지고 있었다. 줄지어선 야자수 뒤로 지
는 해는 너무도 붉게 물들어 섬뜩하기까지 했다. 그러나 나의 시선은
핏빛 노을을 뒤로하고 늘씬하게 서 있는 야자수들에게 멈추어 있었다.
이미 수없이 보았던 풍경임에도 검은 실루엣으로 버티고 선 야자수들
이 생경한 느낌으로 다가왔다. 그리고 문득, 야자수에게는 가지가 존
재하지 않는다는 것을 깨달았다. 오로지 몸통과 잎만으로 이루어진 나
무. 그 긴 잎이 혹시 가지의 진화나 퇴화였는지는 알 수 없는 일이지만
야자수는 가지 없는 나무였다.

숙소를 구하러 가는 길, 나는 길모퉁이에서 굵직하게 자라고 있는 야

자수 앞에서 잠시 걸음을 멈추었다. 야자수의 몸통은 생명을 마감한 잎들이 잘려나가며 물고기의 비늘처럼 깊은 흔적을 남기고 있었다. 그랬다. 야자수는 잎이 죽어 잘려나가야 그 만큼 자라는 나무였다. 죽어야 사는 나무. 잎이 죽어 몸뚱이가 되는 나무. 몸의 일부가 죽어야 성장하는 나무. 비단 내가 본 야자수 뿐 아니라 통상적으로 야자수라고 뭉뚱그려 부르는 수많은 열대의 나무들 모두가 그렇게 강렬한 삶을 살고 있었던 것이다. 제 몸의 일부가 죽어 또다른 몸의 일부가 된다는 것은 차라리 잔인하다 말해야 할 정도로 격정적인 삶이 아니던가.

나는 야자수의 몸을 찬찬히 더듬었다. 열정적인 삶만큼 단단하고 거칠었다. 내 삶은 어떠했을까. 열정적인 열대나라의 시골 모퉁이에서 자라는 야자수는 아니더라도 제주의 도로변에 심긴 야자수만큼이라도 강렬하게 살아보았던가. 한 번이라도, 단 한 번만이라도 그렇게 산 적이 있었던가. 제 몸의 일부가 죽어 더욱 굵직한 몸으로 다시 태어나는 나무처럼 그렇게 살아본 적이 있었던가 말이다. 어쩌면 남은 생에도 끝내 그런 날은 찾아오지 않을지 모른다. 하지만 내 삶에서 또 하나의 스승을 만났으니 오늘은 이것으로 충분히 행복한 날이다.

삶의 스승으로 부족함이 없는 나무, 죽어야 사는 나무.

캄보디아 시엠렙에서

# 다섯, 행복의 편지

여행은 어느 면에서 여전히 내가 소유하지 못한
삶의 일부이지만 또 어느 면에서는
내가 꿈꾸었던 것들을 소유하는 기회이기도 하다.
그러니 여행이 가는 것이든 떠나는 것이든
나는 그 꿈에서 깨어나지 않을 것이고
이별이 두렵다고 해도 그것 또한
내가 감당해야 될 일이 아니겠는가.
이 모든 감정은 여행자만이 누리는 특권이기 때문이다.

　시끄러운 소리에 잠이 깼다. 너무 피곤해서 무시하려 애써보았지만 소리는 끈질기게 이어졌다. 머리맡을 더듬거려 손목시계의 라이트버튼을 눌렀다. 4시 30분.

　소리의 종류는 두 가지였다. 제법 큰 종을 둔탁하게 치는 듯한 소리와 망치질처럼 느껴지는 소리였다. 망치질은 종소리의 진원지와는 다른 곳에서 들려오는 것 같기도 했지만 종소리와 박자를 맞추는 듯도 싶었다. 그렇게 생각하고 보니 망치 소리가 아니라 나무를 두드리는 소리 같기도 했다.

　어제 숙소의 일부를 수리하던 주인아저씨가 일찍부터 일을 시작했을지도 모른다는 생각이 들었지만 나의 몸은 피곤으로 인해 굳어 있었다. 그러나 계속되는 소리를 견디지 못하고 침대에서 일어나 창문을 열어보았다. 소리는 숙소 건너편 어둠 속에서 들려오고 있었다. 일찍부터 시작된 주인아저씨의 작업소리는 아니었다. 소리는 어쩌면 4시부터 시작된 것인지도 모른다는 생각이 들었다. 소리의 진원지가 궁금했지만 오늘은 너무 피곤한 날, 내일도 같은 소리가 들리면 확인하러 가보리라 결심했다.

평화로운 오후의 햇살을 받으며 마을을 산책하고 있었다. 마을의 남쪽을 둘러본 후 북쪽으로 방향을 잡고 얼마 지나지 않아 작은 사원이 보였다. 노승은 말없이 장작불 옆에 앉아 있었고 잠시 후 나타난 두 명의 학승은 나의 아주 기초적인 인적사항들을 묻고는 라오스어로 숫자를 가르쳐주기 시작했다.

넝, 소응, 사암, 시이…….

숫자 공부가 끝난 후 알고 있는 영어의 한계를 느낀 학승들은 쭈뼛쭈뼛 웃기만 했고 우린 애꿎은 장작불만 들썩거렸다. 어쩌면 말없이 앉아 있는 지금 이 순간이 가장 방비엥다운 모습일지도 모른다는 생각이 들었다. 그렇게 침묵이 흐르고 학승은 자리에서 일어섰다. 그들은 수화를 하듯 말했다. 이제 북을 치러가야 한다고, 따라오라고.

사원 입구 왼쪽에 2층으로 이루어진 작은 누각이 있었고 2층에 지름 1미터 크기의 북이 달려 있었다. 한 명은 북을 울리고 다른 한 명은 박자를 맞추며 징을 쳤다. 징을 치던 학승이 나에게 수화로 다시 말했다. 징을 쳐보라고. 나는 망설이지 않았다. 징을 울려야 하는 순간을 알려주기는 했으나 정확한 박자를 익히기 위해서는 몇 차례의 실수가 필요했다.

쿵쿵쿵 쿵쿵, 쿵쿵 쿵쿵.

박자를 익히고 난 후에는 재미가 생겼다. 소리는 바람을 타고 하늘로도 날았고 산을 넘기도 했다. 그리고 방비엥 온 마을 깊이깊이 파

고들었다. 그 날의 징과 북소리가 한국에서 온 한 여행자의 것이었음을 행여 누가 알기나 할까. 그저 침묵하는 이 작은 마을에는 우리가 울렸던 징과 북 소리만이 깊은 울림으로 퍼져갈 뿐이었다.

마지막은 본능적인 감각으로 멋지게 마무리를 할 수 있었다. 북과 징이 한 박자씩 주고 받으며 가속도를 붙이는 것이다. 그리고 종내에는 소리를 죽여가며 둥둥둥둥…….

"Good, tomorrow."

잘 했어요. 내일 또 오세요.


## ―다음날 새벽

새벽, 또다시 잠이 깼다. 방은 어두웠으나 어제처럼 시간을 확인하지는 않았다. 단지 침대에 바로 누워 멀리서 들려오는 소리에 귀를 기울일 뿐이었다.

쿵쿵쿵 쿵쿵, 쿵쿵 쿵쿵.

나의 손은 소리에 따라 박자를 맞추고 있었다. 어제 새벽은 소음 같았던 소리에 잠을 설쳤는데 오늘 새벽은 박자를 맞추느라 잠을 설치고 있는 것이다.

라오스 방비엥에서

우
중
산
책

　오후, 나는 걸어서 차밭에 가보기로 했다. 지도를 살펴보니 걸어서 한 시간 정도면 도착할 만한 거리에 차밭이 있었다. 버스를 이용할 수도 있었지만 걷고 싶었다. 이곳이 해발 1500미터가 넘는 고원지대이긴 하지만 다행히 내가 가려는 차밭은 카메론 하이랜드의 또다른 마을인 링렛으로 향하는 내리막길이다. 가는 길은 내리막이니 수월할 것이며 돌아오는 길은 여의치 않으면 버스를 이용하면 될 터였다.

　포장된 길은 끝도 없이 굽어 있었다. 하기야 이곳으로 오는 날 나는 멀미를 참지 못하고 속에 있는 모든 것을 게워내지 않았던가. 지도는 복잡하게 굽어 있는 그 길을 미세하게 표현하지 못했다. 결국 차밭은 예상보다 멀리 있었으며 아무도 없는 산중의 도로를 한 시간 넘게 걸어도 차밭이 나타나지 않은 것은 당연한 일이었다.

　먼 하늘이 점점 흐려지고 있었다. 20분쯤 더 걸었을 때 빗방울이 떨어지기 시작했고 그렇게 내리기 시작한 빗줄기는 점점 굵어져 몸으로 맞으며 걷기에는 너무 많은 양이 되고 말았다. 몇 대의 승용차가 지나갔지만 태워달라는 나의 수신호를 받아주지 않았다. 산골 인심 치고는 야박하다는 생각이 들었다. 옷이 완전히 젖어갈 무렵 작은 트럭 한 대가 멈춰 섰다.

"어디 가는 길이오?"

"차밭이오."

나이 많은 인부가 한사코 실내 조수석을 양보하려 했지만 그럴 수는 없는 일이었다. 나는 다른 인부들처럼 트럭 화물칸에 올라탔다. 도로 보수공사 인부들이었던 그들은 부정확한 영어로 한마디씩 물어왔다. 어디에서 왔는지, 어디로 가는지, 말레이시아는 어떤지, 한국에는 언제 가는지……. 짙은 얼굴과 거친 손. 젖어버린 낡은 작업복.

그러고 보니 여행을 하면서 돈 많은 부자에게 대접 받아본 적은 없는 듯싶었다. 나를 친구로 받아주고 맛있는 생선카레까지 대접해준 인도의 브리또도 가난한 어부였으며 이름을 기억할 수는 없지만 오늘처럼 비가 오는 날 엘로라까지 오토바이를 태워준 친구도 가게 점원이었다. 떠나는 나에게 자신의 반지를 빼준 베트남의 쏜타도 홀아버지를 모시고 사는 가난한 청년이 아니었던가. 그렇겠지. 돈 많은 부자들은 나의 행색부터 살필 것이다. 가난한 여행자의 옷차림이 뭐 볼 것이 있겠는가. 나를 태워봐야 시트나 적실 것이 뻔한 일이다.

다행히 짐칸 앞쪽에 붙어앉으니 비는 거의 맞지 않았다. 그들은 차밭 입구에 나를 내려주고 떠났다. 차밭 입구 구멍가게에서 30분쯤 기다리자 비가 멈추었다. 차밭은 언제나 아름다웠다. 잘 다듬어진 납작하고 둥근 표면은 너무도 규칙적이어서 티베트산 카펫을 연상시켰고 차밭 내에 있는 아담한 공장에서는 풋풋한 차 향기가 풍겨져나왔다. 어릴 때 보았던 당근밭 다음으로 세상에서 가장 아름다운 밭이 차밭이라고 생각했다.

맑았던 하늘도 잠시였으며 다시 비가 내리기 시작했다. 열대지방 스콜의 특성이다. 서둘러 차밭 입구의 구멍가게로 돌아왔다.

비가 온다. 이역만리 땅에도 비가 온다. 그 비에 젖어 뿌옇게 변한 먼 산. 구멍가게 양철지붕 위로 떨어지는 빗소리도 듣기 좋고 정글의 숲에 내리는 빗소리도 신비롭다. 그 소리에 가만히 귀 기울여보면 누군가 나를 향해 달려오는 것 같기도 하고 그리움에 발을 동동 구르는 소리 같기도 하다. 어쩌면 유독 푸른 숲은 거친 빗줄기를 초연히 견뎌낸 결실일지도 모른다. 우리들도 이런 날을 거쳐야 아름다워지는 것은 아닐까. 나는 언제 올지 알 수 없는 산골 버스를 기다리며 트럭이 나를 내려주고 훌쩍 떠나버린 길을 무심히 바라보았다.

말레이시아 카메론 하이랜드에서

강변
살자

메콩 강변에 앉아 있다.

오늘도 해는 그 모습을 흩트리지 않고 숨어들었다.

붉은 해.

해는 지고 침묵을 지키는데 강변의 아이들만 시끄럽다.

녀석들의 맨발에 메콩 강변의 진흙은 그렇게 강고히 굳었나보다.

오후 내내 발목이 묶여 강물에 떠 있던 오리는 방금 배 뒤에서 목이
잘렸다.

아침이면 강을 따라 남으로 혹은 북으로 떠날 사공의 저녁을 위해.

하찮은 오리도 생을 마칠 때는 누군가를 위해 목숨이 쓰이건만,

내 생도 무언가를 위해 바쳐질 수 있을까.

돌아가야겠다.

가는 길, 아이들의 함성은 잦아들지 않고…….

라오스 루앙프라방에서

# 만찬을
# 위하여

새벽 4시에 깬 잠은 쉽게 다시 들지 않았다. 결국 침대 위에서 엎치락뒤치락을 반복하며 괴로운 시간을 보내다 7시쯤 침대에서 일어났다. 점퍼를 걸치고 모자를 눌러쓴 채 숙소를 나섰다.

어제 루앙프라방을 떠나 방비엥으로 오는 산길은 무척이나 인상적이었다. 예전 이곳을 여행했던 선배들은 버스도 없이 개조된 트럭을 타고 열두 시간 넘게 시달렸다고 하지만 어제는 불과 여섯 시간 만에 도착할 수 있었다. 운전석 위에 '위험물 적재엄금'이라는 한글 문구가 남아 있는 25인승 중고 현대차 덕분이었다. 산골마을을 지날 때는 풀어놓은 돼지, 닭, 염소 들 때문에 차가 멈칫거리기도 했지만 도로는 상당히 양호했다. 그러나 점심 먹을 시간도 없이 생리적 현상을 해결하기 위해 산중턱에서 취했던 두 번의 휴식만으로는 조금 피곤한 여행이었다. 산 하나를 넘으면 다른 산이 나타나고 또 하나를 넘으면 또다른 산이 나타나던 산세들은 매우 장중했다. 날씨가 흐려 아쉬움이 있었지만 구름과 안개에 가려 어렴풋이 능선만 보이던 풍경은 한편 신비스럽기도 했다.

루앙프라방에서 다른 여행자에게 소개받은 숙소는 여행자가 말했던 요금보다 비싼 가격을 요구했다. 식당에서 허기부터 해결하고 배낭

을 맡긴 후 저렴하고 양호한 숙소를 찾아나섰다. 마을을 한 바퀴 다 돌고 나서야 흡족한 숙소를 찾을 수 있었다. 숙박료도 쉽게 홍정이 되었고 무엇보다 주인부부의 소박함이 끌렸다. 내가 가격을 홍정하고 있을 때 부인이 남편에게 뭔가 확인해볼 것을 요구하는 듯했지만 그들의 언어를 이해할 수는 없었다. 그러나 부인의 말을 듣고 남편은 이렇게 말했다.

"우리 숙소는 따뜻한 물이 나오지 않는데 알고 있나요?"

아마도 부인이 따뜻한 물이 나오지 않는다는 이야기를 해주었는지 물은 모양이었다. 그리고 남편은 이런 말도 했다.

"우리가 아직 공사 중이라 시끄러울 수 있는데 괜찮을까요?"

"공사는 계속하나요?"

"아니오. 내일이면 끝납니다."

"그럼 상관없습니다."

사실 숙소가 깨끗하고 저렴해서 공사가 계속 진행된다고 해도 머물 생각이었다. 그러나 내가 추가 질문을 하지도 않았는데 남편은 또 이렇게 말했다.

"사실 오늘 저녁이면 다 끝납니다. 근데 혹시나 싶어서……."

그들은 내가 식당에서 배낭을 찾아오는 사이에도 이미 깨끗한 방을 한 번 더 점검했고 방향제까지 뿌려주었다. 다른 숙소에서 들었다면 통속적인 상술로 여겼을, 다른 여행자에게는 1만5천 킵에 머물고 있다고 말해달라는 부탁도 이들 부부에게는 진실성이 가득해 보였다.

이들 부부에게 전날 버스가 도착한 정류장 뒤편에 새벽마다 장이 선다는 이야기를 들었다. 근처 작은 마을의 여인들이 장을 펼친다는 것이

다. 이슬에 젖은 들풀향기처럼 풋풋한 아침공기를 호흡하며 시장으로 향했다. 정류장 뒤편에 작은 상설시장이 있었고 그 시장을 가로질러 나가니 생각보다 작은 장이 열리고 있었다. 골목 같은 공터에 20~30명의 여인들이 천막 하나 없이 바닥에 물건들을 펼쳐놓고 앉아 있었다. 들고 나온 물건들도 기껏해야 야채 한 무더기, 강에서 잡아온 생선 몇 마리, 부위별로 다듬어진 닭 몇 마리 등이 전부였다. 조금 색다른 상품으로는 대자로 뻗어 있는 청설모 몇 마리와 살진 참새 크기의 조류 정도. 여인들이 갖고 나온 물건들 중에는 팔기 위해 큰 시장에서 사온 것은 아무 것도 없었다. 오로지 자신들이 재배하거나 기른 것들과 강과 산에서 잡아온 것들이 전부였다. 그들의 소박한 삶을 살펴볼 수 있는 새벽시장이었다.

시장을 한 바퀴 돌고 정류장 쪽으로 걸어 나오는 참에 조금 눈에 익은 물건이 보였다. 마침 한 여인은 그 물건을 살펴보기 위해 이리 만지고 저리 만지며 구매를 고민하는 눈치였다. 짐작되는 동물이 있기는 했지만 그저 닮은 동물이겠거니 싶었다. 그러나 설마 하는 마음으로 가까이 다가가보니 그 물건은 다름 아닌 쥐였다. 다시 한번 확인해봐도 틀림이 없었다.

먹음직스럽게 살도 통통하게 올랐고 두 개의 앞이빨을 내민 채 감은 눈은 귀엽기까지 해서 어찌보면 죽은 것이 아니고 죽은 척하고 있는 것 같기도 했다. 여인의 손에 잡힌 쥐의 몸은 물컹물컹해서 촉감도 좋아 보였으나 여인은 썩 맘에 내키지 않는지 이놈 만졌다 저놈 만졌다만 반복했다.

주인과 나누는 대화의 내용을 이해할 수는 없었지만 대충 분위기로 봐서는 다음과 같았다.

"이 쥐 봐요. 뱃살이 적잖아요."

"아이고~ 이 정도면 통통한 거죠. 요즘 잡히지도 않아요. 다른 데 가봐요, 쥐는 우리집밖에 안 판다니까."

"이건 잡은 지 얼마나 되었는지 싱싱하지가 않네."

"차~암, 다 어제 잡은 거니까 걱정 말아요."

여인은 포기하고 만지작거리던 쥐를 내려놓는가 싶더니 끝내는 결심이라도 한 듯 한 마리를 골라서 장바구니에 넣었다. 오늘 저녁 만찬을 위하여!?


라오스 방비엥에서

*이 글은 그들의 문화를 웃음거리로 만들려는 의도가 아니며<br>
필자는 문화의 다양성이 존중되어야 한다는 생각을 갖고 있음을 밝힙니다.

# 여행 단상

　　나의 여행 대부분은 이 도시에서 시작되었고 이 도시에서 끝이 났다. 첫 해외여행지가 방콕이기도 했지만 그런 의미보다는 내가 이용했던 항공권 대부분이 방콕을 경유했기 때문이다. 가난한 여행자에게는 값비싼 직항보다는 저렴한 경유 항공권이 더 매력적이었다. 돈으로 시간을 산 것이 아니라 시간으로 돈을 대신한 것이다. 서울을 떠날 때보다는 경유지인 방콕을 출발할 때 비로소 여행의 각오를 단단히 했고 모든 여행을 마치고 방콕으로 돌아올 때는 마치 베이스캠프로 돌아오는 느낌이 들고는 했다. 결국 방콕은 내 여행의 시작점과 종착지였다고 해도 과언은 아니다.

　　몇 개월의 여행을 마치고 방콕국제공항에 도착하는 순간의 감정은 감당하기조차 버거운 것들이었다. 한바탕 태풍이라도 몰아친 것처럼 역동적이었던 추억들을 뒤로하고 결국은 제자리로 돌아오고 말았다는 안락함과 허망함. 기뻐할 수도, 슬퍼할 수도 없는 그 복잡한 감정을 세포 하나하나가 기억하면서 나의 심장은 웃음도 울음도 아닌 미묘한 미소 한 자락 정도로 귀결되고는 했다. 그러다가 카오산으로 향하는 A2버스가 공항을 빠져나올 때면 잘 참았던 눈물을 울컥 쏟아내기도 했다.

어쩌면 나는 어느 순간부터 여행과 삶을 동일시하며 우리의 삶 또한 긴 여행에 불과하다는 것을 깨달았는지도 모른다. 그래서 여행을 통해 끊임없는 이별 연습을 하고 있었는지도. 그러나 그 많은 이별에도 불구하고 이별은 쉽게 익숙해지지 않았다. 이별은 얼마나 더 연습해야 충분해지는 것일까. 얼마나 더 반복되어야 아침에 일어나 밥을 먹는 것처럼 아무것도 아닌 일이 될 수 있을까.

여행은 보통 두 가지로 표현된다. 여행을 '간다' 혹은 여행을 '떠난다'. 두 가지 모두 틀린 표현은 아니지만 하나의 주체는 앞으로 만나게 될 도시이고 다른 하나는 남게 될 도시가 주체이다. 다르게 표현하자면 '만남'과 '이별'의 차이일 것이다. 만남은 가야 이루어지는 것이고 이별은 떠나야 실행되는 것이다.

몇 년 전까지만 해도 나에게 여행은 '가는' 것이었다. 때문에 며칠을 머물렀던 도시를 떠나는 순간에도 늘 아직 가지 않은 도시에 대한 설렘이 앞섰다. 그러나 지금 나에게 여행이란 '떠나는' 것이다. 여행이 곧 이별로 정의되어버렸다. 때문에 새로운 도시와의 조우에 대한 기대보다 머물렀던 도시를 떠나는 일이 더 무겁게 다가온다. 기약 없는 도시와 추억들. 어쩌면 다시는 오지 못할 곳들과의 이별은 결코 가벼울 수 없었다. 지루했던 일상에서 벗어나 이렇게 멀리 떠나온 순간까지도 내가 왜 설렘보다 이별과 그리움의 감정에 휩싸이는지는 나도 알 수 없는 일이다.

　지난 여행에서도 나는 너무 많은 이별들을 했다. 그리고 어느 순간 그런 두려움이 생겼다. 과연 내가 '떠남'의 감정들을 얼마나 더 감당해낼 수 있을 것인가. 그리움, 애환, 서러움, 외로움, 애착 등 그 어떤 단어들로도 표현될 수 없는 감정들. 나를 휘감는 그런 감정들이 두려워 여행이 무서워졌다고 말한다면 이해해줄 사람이 있을까. 그러면서도 나에게 가장 절실한 것이 여행이라고 믿는 것은 얼마나 또 이율배반적인가. 여행은 행복하면서도 불안한 것이다. 작은 바람에도 흔들리는 들꽃처럼 불안한 자신을 두고 삶은 예측불허라며 스스로를 위로하곤 했다.

그래도 이곳은 방콕이 아니던가. 나의 여행이 만남으로 정의되든 이별로 귀결되든 무슨 상관이겠는가. 이곳에서 떠나고 이곳으로 돌아왔으니 이 도시는 이별이기도 하지만 다시 만남이기도 한 것이다. 나는 이미 이렇게 멀리 떠나왔고 이제 방콕에 있으니 이것으로 충분한 일이다. 밤마다 찾아오는 스콜과 습도 높은 칙칙한 공기, 마스크를 쓴 교통경찰과, 여자와의 섹스를 의미하는 노골적인 손동작으로 나를 유혹하는 툭툭 기사들. 내가 지금 방콕에 있는 증거들이다.

음흉하고 저질스런 눈빛을 흘리는 툭툭 기사를 따라가면 그들은 나를 어디로 인도할까. 마사지를 빙자해 나의 옷을 벗기고, 나의 피로를 풀어주기보다는 말초신경을 자극한 후 또다른 서비스를 권유할 것이고 나를 인도한 기사는 그 대가로 얼마간의 커미션을 받아먹겠지. 전라에 가까운 사진까지 보여주는 툭툭 기사가 아니더라도 나의 피가 나른해지는 것은 이곳이 그 이름 자체만으로도 나를 방종하게 만드는 방콕이기 때문이다.

나는 아주 오래전 이 도시에서 맨발의 어느 여자가수

가 부르는 〈찔레꽃〉이란 노래를 들었다. 몇 개월간의 인도여행을 마치고 이 도시에 이제 막 도착한 후였고 엄마를 기다리며 찔레꽃을 한 잎 두 잎 따먹었다는 부분에서 그만 서럽게 눈물이 복받치고 말았다. 공항을 떠나는 A2버스에서처럼.

그러나 이 도시 어디에도 더이상 나의 찔레꽃은 남아 있지 않다. 세월이 무수히 흘렀기 때문이다. 그래도 한낮부터 텅 빈 식당에 홀로 앉아 싱아맥주를 마시고 있을지언정 나는 여전히 여행을 꿈꾸고 과거의 찔레꽃을 그리워한다. 여행은 어느 면에서 여전히 내가 소유하지 못한 삶의 일부이지만 또 어느 면에서는 내가 꿈꾸었던 것들을 소유하는 기회이기도 하다. 그러니 여행이 가는 것이든 떠나는 것이든 나는 그 꿈에서 깨어나지 않을 것이고 이별이 두렵다고 해도 그것 또한 내가 감당해야 될 일이 아니겠는가. 이 모든 감정은 여행자만이 누리는 특권이기 때문이다.

태국 방콕에서

# 튜브 타기

　　방비엥은 뛰어난 산세와 그 옆을 유유
히 흐르는 쏭강, 나지막한 마을이 어우러
진 아늑한 곳이다. 유적이 있는 것도 아니
고 별다른 관광코스가 있는 것도 아니다.
한적한 시골에서 휴식을 취하기 원하는 여
행자들에게 안성맞춤이며 수려한 경관 때문
에 익히 이곳을 찾았던 수많은 여행자들이 예
찬을 아끼지 않았던 곳이다. 너무나 한적해서 아
무것도 할 일이 없을 것 같은 이곳에서 유일하게 즐길
수 있는 오락거리는 대형 트럭용 튜브를 타고 쏭강을 내
려오는 것.
　　이곳에 도착한 날부터 삼로 기사는 튜브타기를 하라며 호객했
지만 나 이외에 다른 손님이 없어 때를 기다리고 있었다. 혼자서 튜
브를 타는 것은 아무래도 재미없는 일 같았기 때문에 다른 손님이 오
면 바로 연락을 달라고 기사에게 부탁을 해두었던 것이다. 오늘 마침

호주인 부부가 튜브 타기를 하러 왔다기에 그들과 합류했다. 그들과 함께 삼로를 타고 쏭강 상류로 올라갔다. 의외로 삼로 이동 시간은 15분밖에 소요되지 않았다. 그러나 삼로 기사는 그곳에서부터 마을까지 세 시간이 걸린다고 했다. 튜브 타기가 너무 빨리 끝날지도 모른다는 생각에 몇 번이고 확약을 했더니 세 시간 이내에 마을에 도착하면 돈을 환불해줄 테니 걱정하지 말라고 자신감을 보였다. 우리는 튜브를 어깨에 걸치고 강가로 내려갔다. 호주인 부부가 망설이기에 내가 먼저 튜브에 몸을 누이고 물 위로 미끄러져나갔다. 이어 호주인 부부도 내 뒤를 따랐고 삼로 기사는 마을에서 보자며 손을 흔들고 돌아갔다.

약간의 급류를 제외하고는 튜브의 속도는 아주 느렸으며 눈높이가 달라지면서 주변 경치는 새로운 모습으로 변해 있었다. 산은 더욱 높아 보였고 강물은 한결 빛나 보였다. 강가의 작은 바위들을 들추며 무언가를 잡던 아낙들은 눈만 마주치면 '사바이디'라고 인사를 건네왔다. 그러나 30분쯤 지나자 우리는 조금 심심해지기 시작했고 호주인 부부는 악어라도 나타났으면 좋겠다고 소리쳤다. 그들의 농담이 끝나기 무섭게 그들은 나를 추월했다. 나는 너무 빨리 마을에 도착할까봐 시간을 아끼고 있었지만 막상 그들이 멀어지자 조금 두렵기도 했다. 하지만 멀어진 그들을 따라잡기가 쉽지 않았다. 아무런 추가장비도 없이 튜브에 몸을 싣고 오로지 물의 유속에 따라 흘러가야 하는 튜브 타기는 내 뜻대로 움직여지는 것이 아니었기 때문이다. 시간이 지날수록 그들과의 격차는 점점 멀어졌고 한 시간이 지나자 직선 코스에서도 그들의 모습이 보이지 않았다.

그래도 아직 마음에 여유는 있었다. 강이 왼쪽으로 꺾이고 조금 더 내려간 후 선탠하기에 좋은 모래톱을 발견했다. 마침 미국인 청년이 자리를 잡고 있었고 나는 그곳으로 가기 위해 양팔을 허우적거리며 부지런히 물질을 했다. 그곳에서 속옷 대신 입은 수영복 차림으로 해바라기를 하며 미리 준비해간 간식을 먹었다. 그는 전날 튜브 타기를 하다가 이곳을 발견하고는 일부러 이곳을 찾아왔다고 했다. 인사를 나누면서 어디에 머물고 있는지 물었지만 공교롭게도 그와 나는 자신이 묵고 있는 숙소의 이름을 기억하지 못했다. 숙소들이 라오스 이름이었기 때문에 익숙하지 않은 발음을 제대로 기억하지 못한 것이다. 우리는 라오스 발음을 흉내내며 말도 안 되는 이름들을 만들어보고는 무엇이 그리 웃긴지 배를 잡고 뒹굴었다. 그렇게 시간이 지나는 사이 나뭇가지에 널어두었던 젖은 옷이 뽀송뽀송 말라 있었다.

그는 이곳부터 마을까지 두 시간이 소요되며 더 늦으면 추워지니 서둘러 떠나야 한다고 말했다. 겨울은 없다고 하지만 그래도 지금은 12월이기 때문이다. 그의 말은 사실이었다. 다시 출발하고

얼마 지나지 않아 해가 기울면서 점점 한기가 느껴지기 시작했
다. 양지에서는 견딜 만했으나 바위나 울창한 나무숲 때문에
생긴 음지에서는 이가 덜덜 떨릴 정도였다. 가끔 보이던 강가
의 아낙들도 더는 보이지 않았고 멀리서 아이들의 재잘거리
는 소리가 들리는가 싶더니 그쯤에 도착하면 사라지고 없
었다. 처음에는 세상없이 편했던 자세도 오래 지속되다보
니 온몸이 저려왔다. 하지만 자세를 바꿀 수도 없었다. 바
닥이 보이지 않을 정도로 수심이 깊었기 때문에 자세를
바꾸다 물에 빠지기라도 하면 목숨을 보장받을 수도 없
었으며 달리 바꿀 만한 자세도 없었다.
　　목과 허리가 점점 고통스러워졌으며 엉덩이부터 젖
어들기 시작한 옷은 이미 축축해져서 몸의 체온을 더욱
저하시켰다. 내가 할 수 있는 일은 팔로 노를 저어서
가능하면 음지를 피하는 것이 유일한 일이었다. 튜브
를 들고 걸어갈까도 생각했으나 튜브 타기를 위해 지
불했던 돈을 생각하면 얼어죽는 한이 있어도 그럴
수는 없었다. 날은 밝았으나 해가 산에 가려져 강
에 더이상의 양지는 없었다. 체온은 계속 내려갔
고 하도 떨어서 턱이 아플 지경이었다. 이렇게
강행군을 하다가는 겨울도 없는 나라에서 얼
어죽었다는 신문기사라도 날 판이었다.
　　결국 온몸이 마비되면서 추위를 견딜
수 없는 한계에 도달하고서야 본전을

포기했다. 본전에서 마음을 비우고 나니 1초라도
빨리 물 밖으로 나가고 싶었다. 낑낑거리며 물질을 해
서 뭍으로 나가 땅을 밟기는 했으나 물 반 흙 반의 질퍽한
길뿐이었고 사람들이 다니는 제대로 된 길은 보이지 않았
다. 거기에다 몇 발자국 걷기도 전에 저만치 앞에서 뱀이 똬
리를 틀고 있는 것이 아닌가. 땅에 사는 것 중에 제일 싫어하
는 것이 뱀인지라 방정맞게 소리를 지르고 말았다. 그러나
뱀은 꿈쩍도 하지 않았다. 죽은 모양이었다. 피해갈 만한 길
도 없어서 뱀 옆을 지날 수밖에 없었다. 모양이 성한 것을
보면 누군가 한방에 두들겨 죽인 모양이었다. 죽은 뱀이
기는 했으나 뱀이 갑자기 달려드는 상상에서 벗어날 수
가 없어 오금이 저렸다.

강 하류를 향해 걷기를 계속. 그러나 길이 좋아지기
는커녕 이제는 길이 끊기고 물이 허벅지까지 차고 말
았다. 돌아갈 수도, 전진할 수도 없는 상황이었다. 어
깨에 걸친 튜브도 너무 귀찮아서 내던지고 싶었지만
돌려주지 않으면 돈을 물어줘야 하니 버릴 수도 없었
다. 때마침 지나가던 작은 배는 구세주 같았다. 어린아
이가 노를 젓던 그 배는 한 사람이 겨우 앉을 수 있는 좁
은 배였다. 아이는 물을 건너서 길이 연결된 곳에 나를 내
려주었다. 그리고 지름길까지 알려주었다. 고마운 아이.
그러나 그 길을 들어서자 이젠 30센티미터가 넘는 도마뱀들
이 우글거렸다. 기절 직전이었다. 몸통의 모양과 길이는 숙소를 들

락거리는 귀여운 도마뱀과는 차원이 달랐다. 사실 말이 도마뱀이
지 내 눈에는 발 달린 뱀으로 밖에는 보이지 않았다. 내가 걷는 사
이 양옆의 풀숲은 인기척에 놀라 도망치는 놈들 때문에 끊임없이
푸드득거렸다. 도망가는 것은 놈들인데 내가 더 죽을 맛이었다.
다행히 그 풀숲을 벗어나자 마른 땅이 보였고 조금 더 걸으니
마을 외곽이 나타났다. 그야말로 산 넘고, 물 건너, 바다 건너서
도착한 마을이었다. 왈칵 눈물을 쏟지 않은 것이 다행이었다.
어깨에 걸친 커다란 튜브를 보면서 그런 생각이 들었다. 내가
튜브 타기를 한 것인가, 아니면 튜브를 들고 유격훈련이라도
받은 것인가. 이제 내 인생에 튜브 타기는 없다.

라오스 방비엥에서

# 정직해도 되는 세상

바람이 많은 날이었다. 뭉게구름 뒤로 해가 숨은 지도 오래였다. 멀리 봉우리처럼 보이는 섬만이 아직도 따사로운 햇빛을 받고 발광물체처럼 빛나고 있었다. 바다를 바라보며 멍하게 앉아 있기를 30분. 아니, 어쩌면 한 시간이 흘렀는지도 모르겠다. 나는 무엇을 기다리고 있는 것일까. 수평선 언저리에서 바다 너울 속으로 숨었다 솟아나고 숨었다가 다시 솟아나는 점 같은 배를 보며 잠시 현기증을 느꼈다.

자리를 털고 길을 걸었다. 두번째 블록을 걷고 있을 때 담벼락에 거울 하나를 붙여놓고 손님을 기다리는 이발사를 보았다. 거울 밑에 연결된 작은 선반에 몇 가지의 이발기구만 있을 뿐, 이발사는 하얀 가운을 입지도 않았고 머리를 감겨줄 세면대는 고사하고 세숫대야 조차도 보이지 않았다.

베트남에 도착해서 가장 많이 접한 풍경 세 가지를 꼽으라면 첫째는 비아호이, 둘째가 노래방, 셋째가 길거리이발소일 것이다. 비아호이는 베트남 생맥주인데 비아호이를 판매하는 술집의 모습을 설명하자면 오래전 우리나라에서 선풍적인 인기를 끌었던 조개구이집과 흡사했다. 술집이라고는 하지만 특별한 인테리어도 없고 목욕탕 의자처럼 낮은 플라스틱의자에 앉아 낡은 나무판을 탁자 삼아 술을 마시는 선술집

이었다. 이런 술집 중에는 제대로 된 기계에서 생맥주를 뽑는 곳도 있었지만 통에 연결된 호스를 입으로 빨아서 오로지 낙차를 이용해 술을 따르는 낙후된 시설의 업소도 많았다. 그래도 가격이 싸기 때문에 서민들과 궁핍한 여행자에게 인기가 많았다.

베트남의 수도 하노이에는 비아호이를 판매하는 생맥주집이 유달리 많았는데 나 또한 숙소나 여행지에서 만난 다른 여행자들과 종종 그곳을 찾았다. 빈자리에 앉으면 그들은 묻지도 않고 사람 수에 따라 맥주를 따라왔고 안주는 주문도 받지 않은 채 땅콩 한 주먹이 담긴 접시를 내려놓고 돌아갔다. 외국인에게는 한 푼의 매상이라도 더 올리려는 상인들이 널려 있는 상황에서 친절하게(?) 현지인 대접을 해준다는 것은 고마운 일이었다. 우리는 특별한 시선도 받지 않은 채 공짜로 내온 땅콩 한 주먹으로 몇 잔의 맥주잔을 비우고는 했다.

베트남 사람들도 한국인 못지않게 노래를 좋아하는 것 같았다. 길을 걷다 보면 곳곳에서 흘러나오는 노래방 기계의 반주음악을 들을 수 있었다. 상당수의 한국노래들이 그들의 애창곡으로 불리고 있었고 술을 마시거나 혹은 노래방의 밀폐된 공간 안에서만 노래를 부르는 우리와는 달리 음료와 커피를 판매하는 카페에서도 노래를 할 수 있는 무대가 마련되어 있었다.

그리고 베트남에서 빼놓을 수 없는 풍경 중 하나가 바로 길거리이발소다. 정식 허가가 없는 것은 당연한 일일 것이고 이들 시설의 공통점은 거울 하나와 의자 하나가 전부라는 것. 물론 햇빛을 가리거나 비를 피할 수 있는 천막이 머리 위에 설치되어 있지만 부실하기 짝이 없다. 혼자 영업하는 곳도 있었지만 대부분의 경우에는 네댓 명 이상이 줄지어서 영업하는 경우가 더 많았다.

"이발요금이 얼마죠?"

머리를 자를 때가 된 것은 아니었다. 그는 거침없이 2만 동을 불렀다. 그들의 이발요금을 알 수는 없었지만 일반 근로자의 월급이 5십만 동이라는 것을 생각하면 터무니없이 비싼 요금으로 여겨졌다. 그의 대답을 무시하고 좀더 걸었다. 다음 골목으로 들어섰을 때 두 개가 나란히 붙어 있는 이발소를 발견했다. 의자는 비어 있었고 주인 둘은 그늘에 앉아 장기를 두고 있었다. 가격을 물었으나 그들은 영어를 몰랐다. 곁에 있던 친구가 대신 가격을 말해주었다. 1만 동. 이것 역시 비싼 느낌을 지울 수 없었다. 통역을 맡은 친구는 면도가 포함된 가격이니 절대 비싼 요금이 아니라고 설명했고 나는 면도는 필요없으니 가격을 낮춰달라고 했다. 결국 가격은 7천 동으로 내려갔고 나는 손가락 다섯 개를 펴 보이며 5천 동을 요구했다. 통역을 맡은 친구는 이발사에게 묻지도 않고 오버액션을 보여가며 안 된다고 했다. 그러나 정작 옆에 있던 이발사는 내가 그냥 갈까봐 안달이 난 표정이었다. 내가 손가락 다섯 개를 펴 보였을 때 대충 상황을 짐작했던 것이다. 나를 보고 나란히 선 그들은 시선은 나에게 고정한 채 밀담이라도 나누듯 이야기를 주고받았는데 아마도 그 내용은 이랬을 것이다.

"면도 빼고 7천 동 불렀는데 5천 동에 해달래. 근데 내가 안 된다고 했거든. 어떻게 할까?"

"그냥 된다고 해."

"그래도 외국놈인데 많이 받아내야지."

"그러다 비싸서 그냥 가면 어떡해?"

　사실 통역자와는 달리 새가슴 이발사는 표정관리에서 이미 실패한 상황이었고 나는 끝난 게임이라고 생각했다. 그리고 5천 동도 분명 싸지 않은 금액이 틀림없었다. 그들은 선심이라도 쓰듯 오케이라고 말했고 나는 아무 말 없이 속아주었다. 의자에 앉은 나에게 이발사는 비닐 보자기를 둘렀고 머리카락에 하얀 분을 바른 후 바리캉과 가위를 이용해 숙달된 손놀림으로 머리를 다듬기 시작했다. 젊은 이발사는 무척 꼼꼼했다. 말은 통하지 않았지만 머리의 이곳저곳을 가리키면서 괜찮은지를 묻고 또 물었다.

　정성을 다하는 이발사를 보면서 몇 해 전 늦은 나이에 이발기술을 배우겠다던 친구가 생각났다. 녀석은 이발기술을 배우면 꽤 괜찮은 수입을 올릴 수 있다는 말을 어디선가 들은 모양이었다. 남자들의 발걸음이 미용실이나 남성전용 미용실로 향하고 있는 마당에 이발기술을 배우겠다니 이해할 수 없는 일이었다.

　"너 안마해주는 지하이발소 알지? 그게 명의는 이발사 앞으로 되어 있는데 주인은 따로 있대. 그러니까 이발기술 자격증을 따면 명의를 빌려주는 대신 제법 큰 월급을 받을 수 있는 거야. 물론 일이 잘못되면 모든 책임은 서류상 주인으로 되어 있는 이발사가 책임을 져야 하는 조건이지."

　한마디로 퇴폐이발소 이야기였다. 특별히 배운 것도 없고 번듯한 학력은 물론이고 경력이나 기술도 없었던 녀석. 가진 것 하나 없이 나이만 먹어가는 녀석에게는 좀더 많은 돈을 벌 수 있다는 이유만으로도 그런 위험부담은 전혀 중요하지 않은 듯 보였다. 녀석은 오히려 그 일을 인생역전까지는 아니어도 한 밑천을 잡을 수 있는 기회로 생각하는 것 같았다.

　가난은 때로 사람을 비겁하거나 조급하게 만든다. 나는 어이없게도 녀석에게 한번 해보라고 조언해주었다. 그렇게라도 돈을 벌어서 지긋지긋한 가난에서 벗어날 수 있다면 좋겠다는 생각이 들었기 때문이다.

　손질이 마무리된 머리는 무척 마음에 들었다. 나는 이발소 풍경을 찍어도 되겠냐고 양해를 구했고 그는 수줍은 듯 허락의 눈빛을 보였다. 그때 젊은 이발사의 한쪽 눈이 사시라는 것을 알았다.

　그도 내 친구처럼 한 밑천을 꿈꾸며 거리에서 사람의 머리를 자르고 있는 것일까. 젊은 이발사에게 이발비와 함께 1천 동의 팁을 건네주고 길을 걸었다. 이발기술을 배우겠다던 친구 녀석은 지금 중고자동차 시장에서 근무하고 있으며 마흔이 다 되어 장가까지 갔다. 그가 퇴폐 이발소에서 근무하지 않고도 잘 살아낸 것이 기쁘고 예쁜 색시와 딸을 얻은 것도 축하할 일이다. 세상은 어쩌면 정직하게 살아도 기회는 있는 모양이다. 조금만 더 참고, 조금만 더 노력하고, 조금만 더 성실하면 가난한 모든 이들에게도 잘살 수 있는 날이 오겠지. 세상이 꼭 그래주었으면 좋겠다.

베트남 나짱에서

# 아끼는 것을
# 기꺼이
# 내주어라

　몇 해 전 인도여행 중 가장 마지막에 들렀던 도시가 부다가야였다. 그때 나는 인도를 떠나면서 한 그루의 나무를 심고 싶었다. 내가 떠나도 이곳에 남은 나무가 튼튼하게 자라서 나 없는 이곳과 함께 해주기를 바란 것이다. 그리고 먼 훗날 다시 인도를 찾게 된다면 그때 우리는 오랜 친구의 해후처럼 서로의 어깨를 안고 기뻐할 수 있을 것이라고 생각했다. 그러나 소망은 실천되지 않았고 어느 날 새벽 떠오르는 태양을 보며 이곳을 떠났다.

　다시 찾은 부다가야는 예전의 모습과는 많이 달랐다. 물론 세상은 끊임없이 변하기 마련이라고 해도 부다가야가 아니라 번잡하기로 소문난 바라나시로 잘못 온 것이 아닌가 싶을 정도였다. 다행히 주변경관은 옛 모습을 많이 간직하고 있었음에도 그런 생각이 들었던 것은 오로지 넘쳐나는 인파 때문이었다. 한적한 시골마을이었던 부다가야에 그토록 많은 사람들이 몰려든 것은 곧 달라이라마가 참가하는 법회가 열리

기 때문이었다. 티베트인들에게는 몇 년에 한 번씩 찾아오는 가장 성스런 행사 중에 하나이며 부다가야에서는 십여 년 만에 열리는 법회라고 했다.

그러나 아무리 달라이라마가 집도한다고 해도 티베트어를 이해하지 못하는 나에게는 관심 밖의 일이었다. 영어로 통역이 된다고는 했지만 영어로 법회 내용을 이해하는 것 역시 어려운 일이다. 하긴 불자가 아닌 나에게는 한국어로 법회가 열린다고 해도 지루한 시간이 될 것이 틀림없었다. 그저 한적하고 아름다운 시골마을에서 며칠을 보내고 싶었던 마음이 산산조각난 것이 아쉬울 뿐이었다. 거기에 숙박비도 많이 올랐는데 집회가 열리는 기간에는 더욱 오른다며 선금을 낸다고 해도 아예 장기숙박을 거절했다.

강 건너 마을을 다녀오거나 석가모니가 깨달음을 얻었던 장소인 마하보디 사원을 산책하면서 며칠을 보냈다. 그가 건넜던 강과 명상에 잠겼던 보리수 등 석가모니의 흔적이 깊게 배어 있는 부다가야는 분명 매력적인 마을이었다. 그러나 너무 많은 순례자들 속에서 나는 쉽게 지쳤고 차라리 법회가 열리기 전 다른 도시로 떠나기로 했다.

부다가야에서 릭샤를 타고 기차역이 있는 가야에 도착한 시간은 오후 7시쯤이었다. 릭샤에서 내려 다시 시내를 오가는 사이클 릭샤를 타고 기차역으로 향했다. 아직 기차시간은 여유가 있었고 남은 시간을 이용해서 대합실 앞 구두수선 아저씨에게서 슬리퍼를 꿰매었다. 볶음국수로 요기를 한 후 광장 앞 노상에서 삶은 달걀 네 개와 바나나 한 묶음도 샀다. 그리고 다시 대합실로 돌아왔을 때였다. 인도의 여느 기차역처럼 기차를 기다리는 많은 승객들은 아예 천을 바닥에 깔고 안방처럼 잠을 청하고 있었다. 그러나 유독 한 남자만이 바닥에 누운 사람들 틈에서 쭈그리고 앉아 머리를 자신의 팔 속에 묻은 채 앉아 있었다. 더욱이 놀란 것은 모두들 엄살이라고 할 만큼 두꺼운 옷과 머플러, 모자까지 눌러쓴 사람들 속에서 그는 웃옷을 벗고 있었다. 사실 12월의 북인도 밤 기온은 한기를 느낄 정도로 추웠다. 나는 밖으로 나갔다. 신발을 수선해주었던 아저씨에게 다가가 그가 걸치고 있던 숄을 가리키며 물었다.

"그거 얼마면 살 수 있죠?"

"200루피요."

비싼 가격이었다. 나는 그가 걸치고 있던 숄을 사고 싶다는 뜻이었는데 그는 새것을 사려면 그 정도 가격을 주어야 한다는 뜻으로 말했던 것이다. 나의 설명을 이해한 그는 50루피를 달라고 했다. 조금 비싸다고 생각되었지만 막상 내가 50루피를 내밀었을 때 그는 거래를 거절했다. 그도 그럴 것이 50루피를 받아봐야 새것을 살 수 있는 돈은 아니었으니 그 거래가 그에게 유리한 것만은 아니었을 것이다.

역 주변 상가를 돌아보았지만 옷을 파는 곳은 없었다. 결국 그를 위해 내가 할 수 있는 일은 아무것도 없었다. 내가 갖고 있는 옷이라고는 여벌의 반팔 셔츠 하나와 봄 점퍼 하나가 전부였다. 입고 있는 옷을 제외하면 짐을 줄이기 위해 여벌의 셔츠 하나와 비상용 점퍼 하나만 갖고 다니는 것이 나의 오랜 습관이었다. 봄 점퍼는 12월의 북인도에서 필수품이었던 것은 물론이고 오늘 당장 기차에서 밤을 보내려면 그 옷 없이는 불가능한 일이었다. 그리고 솔직히 그에게 내 점퍼를 주기에는 내 옷이 너무 고급스런 것이라고 생각했다. 그에게는 추위만 면하면 될 뿐인데 내가 아끼는 봄 점퍼를 꺼내주기에는 내 옷이 아깝다고 생각한 것이다. 그래도 만약 남인도에서 그를 만났다면 나는 미련없이 나의 점퍼를 꺼내서 그에게 내밀었을 것이다. 하지만 가만 생각하면 폭염의 남인도에서는 그에게도 역시 점퍼는 필요없을 물건이었다.

생각이 거기에 미치자 너무도 이기적이었던 자신이 치사하게 느껴졌다. 옷 없는 그를 보고 동정심이 발동해 옷을 사주고는 싶었지만 내 옷은 그에게 너무 고급스런 것이며 그는 추위만 달랠 수 있는 싸구려 옷이면 충분하다는 이기적인 판단. 진정한 희생이란 무엇일까. 상대에게 필요하다면 나에게 절실한 것이라고 해도 기꺼이 내줄 수 있는 것이 희생이 아닐까. 내 것을 다 챙긴 후, 있어도 그만 없어도 그만인 것을 내주는 것이 과연 얼마만큼의 의미를 갖고 있을까. 물론 아무것도 내주지 않는 것보다 낫다고 할 수 있겠지만 진정한 희생은 나보다 그가 기준이 되어야 하지 않을까.

부끄러웠다. 그에게 내 점퍼를 내주기로 했다. 오늘 저녁 추위는 하룻저녁이고 콜카타에 도착하면 나에게 필요한 점퍼를 새로 사면 될 것이다. 하지만 그는 오늘 밤 동사를 할지도 모르는 일이 아닌가.

대합실로 돌아왔다. 하지만 조금 전까지 보였던 그는 흔적도 없이 사라졌다. 옷 없는 그에게 대합실은 밤을 보내기에 가장 안전한 장소였다. 그러나 대합실은 물론이고 화장실과 플랫폼, 창고, 역무원실 등 내가 갈 수 있는 모든 곳을 찾아보았지만 그는 어디에도 없었다. 그 순간 나는 그가 어디로 갔을지 궁금하지 않았다. 어쩌면 그는 애초부터 이 세상에 존재하는 사람이 아니었을지도 모른다고 생각했다. 그를 본 것은 오로지 나 혼자만이 아니었을까. 나의 이기심을 일깨워주기 위한 누

군가의 시험. 그도 그럴 것이 그가 대합실에 앉아 있던 모습은 모든 사람이 어수선하게 움직이는 가운데 그만이 정지된 화면의 모습처럼 고정되어 있는 느낌이었고 모두들 약속이라도 한 것처럼 그의 존재를 무시하고 있었다. 마치 그를 보지 못하는 것처럼.

그날 기차는 세 시간이나 기다려도 오지 않았다. 결국 역무원은 외국인이라는 특혜를 주어 콜카타로 향하는 다른 기차를 태워주었고 나는 그가 입었어야 할 점퍼를 입고 밤을 보냈다. 그날은 점퍼를 입고도 너무 추운 날이었다. 옷도 없이 쭈그리고 있던 그가 자꾸만 되살아났다. 기차까지 따라온 그가 저만치에 앉아 나를 바라보고 있는 것만 같았다. 미안했지만 돌이킬 수가 없었다. 나는 속으로 이렇게만 말했다. 나의 이기심에 더욱 추운 밤을 보냈을 그대, 부디 나를 용서하세요.


인도 부다가야에서

사람아,
머뭇거리기에 날이 길지 않으니
이제 길을 떠나자.

여행자의 편지
ⓒ 박동식 2009

| | | |
|---|---|---|
| 1판 | 1쇄 | 2009년 1월 14일 |
| 1판 | 2쇄 | 2013년 2월 10일 |

| | |
|---|---|
| 지 은 이 | 박동식 |
| 펴 낸 이 | 김정순 |
| 책 임 편 집 | 심선영 |
| 마 케 팅 | 김보미 임정진 전선경 |
| 펴 낸 곳 | (주)북하우스 퍼블리셔스 |
| 출 판 등 록 | 1997년 9월 23일 제406-2003-055호 |

| | |
|---|---|
| 주 소 | 121-840 서울시 마포구 서교동 395-4 선진빌딩 6층 |
| 전 자 메 일 | editor@bookhouse.co.kr |
| 홈 페 이 지 | www.bookhouse.co.kr |
| 전 화 번 호 | 02-3144-3123 |
| 팩 스 | 02-3144-3121 |

ISBN 978-89-5605-312-7  03810

이 도서의 국립중앙도서관 출판도서목록(CIP)은 e-CIP 홈페이지(http://www.nl.go.kr/ecip)에서
이용하실 수 있습니다.(CIP제어번호:CIP2008003896)